BVT

Wir alle verlieren eines Tages Vater und Mutter. Wir alle erleben diesen Abschied im Beziehungsgeflecht der Familie, aus der wir kommen. Aber den Schmerz des Verlusts erlebt jeder auf seine eigene Weise. Sabine Peters erzählt das letzte Lebensjahr, Krankheit und Tod des dominanten Vaters »Doktor Phil«. Seine Frau und die vier Töchter, von denen er immer nur als Ein, Zwei, Drei und Vier spricht, durchleben diese Zeit, mal näher, mal distanzierter. Immer aber ist es das gemeinsame Erleben in der Familie, auf das der Blick fällt. Es sind die immergleichen quälenden Fragen, die allen Familienmitgliedern bis zum Überdruß bekannt sind. Und doch sind es diese Fragen, die noch am Lebensende gestellt werden.

Sabine Peters, geboren 1961 in Neuwied, studierte Literaturwissenschaft, Politologie und Philosophie in Hamburg. Seit 1988 lebt sie als freischaffende Autorin und Kritikerin im Rheiderland/Ostfriesland.

Sabine Peters

Abschied

Erzählung

Berliner Taschenbuch Verlag

So ist übers Jahr das Wetter gewesen.
Alles andere war anders.

Oktober 2005
BvT Berliner Taschenbuch Verlags GmbH, Berlin
Lizenzausgabe mit freundlicher Genehmigung
des Wallstein Verlags, Göttingen

Umschlaggestaltung: Nina Rothfos und Patrick Gabler, Hamburg
unter Verwendung einer Fotografie von © photonica
Druck und Bindung: Clausen & Bosse, Leck
Printed in Germany · ISBN 3-8333-0164-3

Und er heißt Doktor Phil und schreit Mama, Mama.
Langer langer Flur, in der neuen Wohnung der Eltern, Marie und die Mutter stehen in dicken Mänteln im Eingang der Wohnung.
Mama, Mamska.
Hohes Rufen von hinten, vom Ende des Flurs, die Tür am Ende des Flurs zum Bad ist weit offen.
Die Mutter läuft dorthin. Im Laufen wirft sie ihren Mantel ab, den Marie auffängt. Marie schüttelt Schneeregentropfen von Mutters Mantel.
Die Badezimmertür schließt sich hinter den Eltern.
Mutters Stimme, nicht schlimm, ist zu verstehen, diesmal nicht schlimm.
Das Rauschen von Wasser. Es fließt aus einem der Hähne, fließt, fließt, du packst schon aus, hat die Mutter im Laufen der Tochter gesagt.
Käse in den Kühlschrank. Gemüse in den Korb auf dem Balkon. Den Stollen für Weihnachten? Wahrscheinlich auch auf den Balkon. Nicht vergessen, den eigenen Mantel auszuziehen, aufzuhängen.
Marie zupft die beiden Mäntel auf ihren Bügeln zurecht. Sonst tut es die Mutter.
Warten, Lauschen.
Und jetzt ist es ja wieder gut und jetzt gehst du ins Wohnzimmer und erholst dich vom Schreck in der Morgenstunde und bald gibt es Mittagessen, Papilio.
Der Vater wankt durch den Flur. Er trägt ein blütenweißes

Oberhemd, darüber eine weinrote Weste, Kaschmir, die Hosen haben Bügelfalten. Er trägt graue Socken, schwarze Schuhe.

So ist mein Junge anständig. Properes Kerlchen.

Die Mutter redete sonst manchmal so. Früher. Neuerdings, jetzt im Winter, spricht sie wenig. Sie hat sich aufs Horchen verlegt. Mutters Ohren. Mutters Ohren sind Federn, sind Flügel, die Mutter ist ein Vogel, fliegt auf, fliegt hoch, um ihren Jungen zu finden, ihren Mann. Sie findet den Vater überall.

Es sind nicht mehr viele Punkte verblieben, zu denen die Mutter fliegt in diesem Winter, im Dezember 2001.

Alle Punkte heißen Rheinstraße.

In der Rheinstraße heißen die Punkte Wohnzimmer, Eßzimmer, Schlafzimmer, Küche, Bad.

Der Vater liegt im Wohnzimmer auf seinem Sofa. Seine Augen sind geschlossen.

Die Mutter rührt in der Küche in einem Topf.

Marie deckt den Tisch.

Es hat sich ergeben, daß die Mutter bei Tisch das Wort übernimmt. Tischvorsitz. Der Vater krümmt sich auf seinem Stuhl. Seine Nase hängt fast im Teller. Das Hemd ist blütenweiß. An seiner Nase hängt ein Tropfen.

Es ist alles anders.

Neben dir, das Taschentuch! Der Ausruf der Mutter fliegt über den Tisch. Der Vater fährt zusammen. Er greift nach dem Tuch.

Marie nimmt noch mal Salat. Salat ist naß, er rutscht leicht. Alle drei stochern im Essen.

Die Mutter strengt sich an, sie sagt, in der Stadt vorhin. Der verrückte Bäcker am Markt. Der hat gehört, sie wollen den Luisenplatz aufreißen. Die Busse sollen wieder am Luisenplatz die Haltestelle haben.

Der Vater legt den Kopf in die rechte Schulter zurück und sieht zu ihr auf. Er zwinkert ihr zu. Eher ist es ein Blinzeln. Als hätte er Mühe, alles richtig zu sehen. Ja, sagt die Mutter, die Stadtverwaltung, sie lächelt den Vater an und schüttelt den Kopf. Bekloppte Fußgängerzone. Auch Marie macht mit. In ihrer Schulzeit sind die Busse alle abgefahren ab Luisenplatz, anfangs, und irgendwann, vielleicht zu Abiturzeiten, ist es geändert worden. Verrückter Städtebau. Eben, sagt die Mutter, hüh, hott. Fußgängerzone, Busse, mal so, mal so. Die wissen auch nicht, was sie wollen. Mit dem Luisenplatz. Sie beugt sich über den Tisch, nimmt Vaters Gabel. Der Vater macht den Mund auf. Zwei Gabeln Bohnen, das schaffst du. Die Mutter fragt die Tochter, ob sie auf dem Markt am Obststand vorhin die dicke Alte an Krücken gesehn hat. Frau Müller. Deren Tochter ging mit Maries Schwester zur Schule. Wie hieß die Müllertochter. Marie und die Mutter besinnen sich. Kein Name will kommen. Egal. Marie zerdrückt die letzte Kartoffel in Soße. Soße ist naß. Die Müllertochter jedenfalls. Die bei dem Vater das Abitur gemacht hat, die Mutter lächelt den Vater an, die Müllertochter sitzt inzwischen in der FDP, schreibt Reden. Oder war es die CDU? Pressereferentin in Berlin. Noch eine Gabel, bittet die Mutter den Vater, dann kannst du dich hinlegen. SPD war es nicht. Marie sagt was zur Stadt Berlin, was Sachliches, Soziologisches, Architektonisches, dann sagt sie, zu Besuch ist sie gern in Berlin, nur wohnen wollte sie da nicht. Alle fertig mit Essen, fragt die Mutter. Wir danken dir, Herr Jesu Christ, daß du unser Gast gewesen bist, Amen. Die Mutter hebt die Tafel auf. Der Vater schafft den Weg zum Sofa. Er legt sich hin, er nimmt die Brille ab, bedeckt die Augen mit dem Unterarm.

*

Und er heißt Doktor Phil und erfand die Geschichte vom rollenden Knopf, er stiftete mal Eisbällchen, mal Schweinsohren, und er nannte alle seine Autos Rosinante nach dem Pferd von Don Quichotte, er kutschierte verboten durch Weinberge, nannte sich Anlieger, nannte sich frei, in den Weinbergen ließ er seine vier kleinen Töchter los, zwei durften vorne auf der Motorhaube sitzen, die anderen beiden hinten auf dem Kofferraum, er fuhr sie vorsichtig im Schneckentempo, und an Samstagen konnte er mit den Ohren wackeln, und er kannte nicht nur die drei Weisen aus dem Morgenland, sondern zusätzlich noch Frau Balthasar, so daß seine vier Töchter an Dreikönige als Kaspar, Melchior, Balthasar, Frau Balthasar zur Krippe zogen, und er hatte einen Vierfarbstift, den er verlieh an die vier Kinder, rot, grün, schwarz, blau, und er wärmte Ravioli, wenn die Mutter krank war, und er kannte ein Wort, um den Schnee zu beschwören, so daß der Schnee über Nacht weiterfiel.

*

Und er heißt Doktor Phil und ist ein Glöckner, ein Schellenbaum, eine Narrenkappe, ein Silberfisch, ein Kormoran, er ist ein Wasserfall, ein Redenbogen, ein Tyrann und ein Tynarr, und er ist mächtig und er ist ein kleines Licht und ist dunkel und kaum zu erkennen.

*

Und er steht abgewandt, schon lang steht er abgewandt, fast scheint es, schon immer.

*

Und er findet, er ist Jäger Kläger Richter Scharfrichter, und Angeklagter außerdem, und soviel kann alles in einem sein.

*

Und er heißt Doktor Phil und sagt einen der vielen Lieblingssätze. Dieser Satz meint seine Töchter Eins, Zwei, Drei, Vier, und er kommt vom Turm. Man nehme alle vier und stecke sie in einen Sack und schlage zu und einer nur ist unschuldig das ist der arme Sack.

*

Und er heißt Doktor Phil. Er steht als dunkler fensterloser Turm.

Türme beherrschen das Land, und Jammermänner sitzen in Türmen hungrig die Schuld ab.

Gespenster leben in Türmen. Wächter wachen. Türme sind Denkanlagen, Sprenganlagen, Sendeanlagen. Sie sind Festungen, vermint. Manchmal aber leuchten Türme.

Töne können aus Türmen kommen, ein Schlagen und Dröhnen, manchmal so etwas wie ein Gesang.

Türme sind unter den Häusern die Riesen. Sie drohen. Türme stoßen Tiraden aus. Türmen darf man mit Tränen nicht kommen.

Türme sind Schwermut, Türme sind erstarrtes Aufbegehren.

Türme können Wasser enthalten. Fluten von Wasser.

Türme bestehen aus Steinen und Schweigen, es gibt auch solche die flüstern befrei mich befrei mich oder die donnern fort fort.

Die Sprache der Türme zu lernen braucht für Töchter lebenslänglich plus eins.

*

Und er heißt Doktor Phil und ist achtzig im Dezember 2001. Achtzig und klein, kein Turm. Der Buckel drückt ihm die Brust ab. Skoliose. Wasser in der Lunge. Zwei Herzinfarkte liegen zehn Jahre zurück. Mit der Luft ist es schlecht. Eine Hüfte schmerzt. Die Augen sind wieder gut, nach der ambulanten Operation des Stars. Von jetzt auf gleich waren draußen die Bäume wieder mehr als grün flirrende Flächen. Bäume draußen haben unzählige Blätter, die schweben,

fächeln, winken. Von drinnen sieht der Vater draußen die Bäume am Rheinufer. Vaters Hände machen die Blätter nach, wenn eine der Töchter die Eltern besucht. Kleiner Mensch mit großen Händen, schmalen Handgelenken, wie Blätter an Bäumen. Er dreht die Hände in den Gelenken, läßt sie schweben, fächeln, winken. So begrüßt er die Töchter, so verabschiedet er sie. Umarmen, Küssen, das liegt ihm nicht, das ist nicht so seine Sache. Die Küsse sind formalisiert, es sind immer drei, schnell hintereinander, man hält sich nicht auf mit einem einzigen unsicheren Kuß, dessen Ende rätselhaft wäre. Daß man sich nicht zu nahe kommt. Es reicht schon, daß der Masseur einmal in der Woche sich am Körper des Vaters zu schaffen macht. Aber er hilft, der Masseur. Wie auch das Wasser geholfen hat, im Thermalbad. Zuletzt haben die Mutter, eine der Töchter oder der Bademeister dem Vater geholfen, die Stufen ins Wasser zu gehen. Zuletzt, als er noch ins Thermalbad ging. Manchmal war noch die Rede davon, wann er wieder dort wäre. Irgendwelche Idioten. Marie hätte sie treten können. Der Vater sagte nichts zu Thermalbadbesuchen. Es fanden sich andere Themen.
Der Vater draußen, das ist kein Thema im Dezember 2001.

*

Draußen bei der Tochter Drei, bei Marie auf dem Land, es ist noch nicht so lang her. Das Rheiderland, die Emsmündung, der Dollart. Die west-nordwestdeutsche Küste. Marie steht mit den Eltern auf der Halbinsel. Zum Horizont hin, draußen ist das Wasser eine unbewegte ruhige Fläche, grau, vereinzelte helle Sicheln sind Schaumkronen. Manchmal ein Schiff, unhörbar oder hörbar je nach Windrichtung. Am Horizont liegen westlich die holländischen Orte Delfzijl und Termunten. Richtung Nordost die Kräne der Emdener Werften, sie stehn als mechanische Pferde, Giraffen. Am Horizont die Lücke, dort öffnet sich der Dollart in die Nordsee. Hier nah das Regelmaß der Wellen, eine Handschrift, die Wellen schlagen vor und zurück, braungrüne Algen schwanken vorwärts und rückwärts. Wolkenschatten ziehen übers Wasser, übers Land. Ein Kormoran sitzt auf einem der Pfähle, die nah einer Buhne aus dem Wasser ragen. Aus dem schimmernden schwarzen Gefieder schüttelt der Vogel Tropfen. Der Vater stützt sich auf die Rücklehne einer Bank, er winkt mit einer Hand. Ihr lauft ein paar Schritte. Laufen, Gehen, das fällt ihm schwer. Die Hüfte die Lunge die Luft. Nicht zu vergessen die Beine.

Wie er sich schüttelt, dein Kormoran, sagt der Vater zur Tochter. Das wiedergewonnene Augenlicht nach der Operation des Stars gibt dem Vater den Eindruck fliegender, funkelnder Wassertropfen aus Vogelgefieder.

Schwimmvögel, doziert Marie. Sie balzen auf dem Nest. Spezialisierte Fischfresser. Man hat die Kormorane in Ostasien zum Fischfang eingesetzt.

Wellen, Gefieder, Vögel, Natur, das war viele Jahre lang nicht so sehr Vaters Sache. Seine Sachen waren immer Museen, Kirchen, Städte, Kultur. Ein Kulturmensch. Was hat die Tochter Marie auf dem Land verloren? Sollte nicht gerade sie als Schriftstellerin in einer Großstadt leben, Berlin zum Beispiel, am Puls der Zeit?

Viele Jahre lang waren es solche Fragen, die der Vater hatte.

Jetzt steht er auf der Bohrinsel am Dollart, stützt sich auf die Lehne einer Bank, auch langes Sitzen ist nicht seine Sache.

Schöner, schöner Kormoran, sagt der Vater.

Nach dem Tauchen sitzt der große Vogel auf einem salzzerfressenen Pfahl, breitet die düster leuchtenden Flügel aus, er schwenkt sie geduldig zum Trocknen im Wind.

Es ist noch nicht so lang her. Nicht mal zwei Jahre.

*

Jetzt im Dezember 2001, zu Haus bei sich in der Wohnung, ist der Vater vom Sofa längst wieder aufgestanden. Es hält ihn dort nicht lange. Liegen ist nicht seine Sache. Er hängt, auf die Unterarme gestützt, überm Schreibtisch. Die Ellbogenknöchel sind etwas wund vom Druck des Körpergewichts, das ganz auf den Armen liegt. Vaters Füße, sie streifen den Boden nur. Der Vater biegt den Kopf aus dem Buckel, blinzelt die Tochter an. Mechanische Pferde und die Giraffen am Dollart, ja. Natürlich erinnert er sich. Auch an den Kormoran. Und die Prinzessinnen? Wie geht es ihnen?

*

Es ist noch nicht so lang her. Als die Eltern vom Rheinland aus Marie im Rheiderland besuchten, rannten dort Ferkel rosa über die Weide. Die Mutter und Marie gingen da hin, sie warfen ihnen Fallobst zu, sahen das schmatzende Fressen, es tropfte nur so, die Ringelschwänze bebten vor Eifer. Der Vater saß vor dem Haus auf einem der Gartenstühle, er sah ihnen von weitem zu. Der Stuhl war ihm zu hart. Er knurrte, als die beiden bei ihm standen. Was habt ihr bloß mit den Ferkeln. Begriffsloses Viehzeug ohne Verstand. Einen Tag später sahen Marie und die Mutter den Vater, als sie mit der Milchkanne vom Bauern kamen. Er machte seine Schrittchen, über die Brücke ging er, die den Kanal überquert, hier sagt man das Tief. Der Vater machte auf der Brücke über dem Tief ein Päuschen, stützte sich auf das Geländer, sah über das Wasser, das schilfbewachsene Ufer, die Weiden, auf denen Kälber und Ferkel standen. Vaters Schrittchen, Päuschen, langsam kam er näher, bis sie zu dritt am Weidegatter lehnten. Du und diese Schweine, sagte der Vater zur Tochter, du als Kulturmenschtochter. Er griff in seine Jackentasche. Blitzschnell warf er eine Handvoll Erdnüsse durchs Gatter, zum Jubel der Schweine. Krachend fraßen sie die Nüsse. Der

Vater sagte vor sich hin, was ist denn wohl schön an Schweinen. Sieh mal, rief Marie, wie anmutig, wie elegant! Wie musikalisch sie sich aufführen! Die Schweine kratzten sich rhythmisch an Pfählen, trippelten auf kleinen schnellen Füßen. Sie tänzeln!
Prinzessinnen, sagte der Vater. Königstöchter. Ts ts. Wer hätte das gedacht hier draußen. Von königlichem Geblüte welche. Solche habt ihr hier auf dem Land. Ihr Kulturlandmenschen. Seit dieser Zeit fragt er, was machen die Prinzessinnen, wenn Marie kommt.

*

Jutta, Barbara, Marie, Katrin. Die Töchter Eins, Zwei, Drei und Vier besuchen die Eltern neuerdings oft. Jahrelang schien alles fest gefügt zwischen Töchtern und Eltern. Die alten Eltern rangen die Hände bei dem Gedanken an die erwachsenen Kinder, was soll noch aus den armen Kindern werden. Die armen Kinder rangen ihrerseits, sie konnten sich viel Schweres ausmalen, was die Eltern betraf. Alles war stabil. Man sah sich nicht oft. Bis es sich verändert hat, mit dem Winter 2000.

*

Eltern bestehen aus Vater und Mutter. Doktor Phil und seine Frau sind miteinander verschworen, in diese Verschwörung kommt keiner rein. Vaters Sache ist das Wort, er ist der Herr der Rede. Mutters Sache ist die Tat. Der Vater begründet den Laden, die Mutter hält ihn zusammen. Es ist die Aufgabe der Töchter, dem Vater Fenster in die Welt zu öffnen. Sie haben Rede und Antwort zu stehen auf seine Fangfragen, seine Verirrfragen, seine Insleerelauffragen, sie werden am Ende immer verstummen, damit er erklärt, was es ist mit der Welt. Vaters Wort überragt die Töchter jahrelang. Sein Wort steht noch gerade hoch oben, turmhoch, als er immer krummer und kleiner wird. So scheint es den Töchtern. So fürchten sie ihn und sein Wort. Die Mutter steht am Rand, bereit, zwischen den Vater und die Töchter zu springen und aus sich selbst eine Pufferzone zu machen. So ist es gewesen. Kann sein.

*

Dezember 2000. Einschnitt. Plötzlich steht die Mutter nicht mehr am Rand und nicht mehr bereit. Putzmunter geht man zum Arzt, sagt sie, und kommt krank wieder raus. Sie sagt es auch anders.

Nein, sagt die Mutter, nein.

Ihr Herz ist krank. Sie braucht neue Herzklappen. Sie muß sich sofort operieren lassen, sonst kann es plötzlich zu spät sein von jetzt auf gleich.

Nein, sagt die Mutter. Sie lebt in einer Verschwörung. Da kann sie nicht einfach ausbrechen.

Sie ist Vaters Schutzmantel und will es bleiben. Aber wenn sie es bleiben will, muß sie sich operieren lassen, und wer schützt den Vater, wenn sie selbst schwach ist.

Und was ist, wenn diese Operation, wenn bei dieser Operation, ja was ist dann, der Vater wedelt Sturm mit beiden Händen. Nein, ruft der Vater, Unsinn, Unverstand!

*

Plötzlich ist die Mutter zu einer Zumutung für den Vater geworden. Plötzlich steht er mit aufgerissenen Augen vor seiner Frau, die ihm Mut zumutet. Seine Hände fallen ihm runter, manchmal, plötzlich.

Man könnte einfach weitermachen so wie immer. Einfach so tun, als gäbe es nicht die Frage des Herzens. Darf die Mutter nicht im Alter müde werden? Daß sie die Treppen zur Wohnung, dreiundsechzig Stufen sind es, plötzlich selbst nicht mehr gut schafft, wen soll es wundern. Ist sie nicht auch über siebzig? Soll man nicht alles laufenlassen wie immer? Aber jetzt gibt es auch eine Drohung. Die Mutter macht plötzlich nicht weiter. Sie kippt einfach weg und läßt den Vater zurück, mutterseelenallein. So haben sie nicht miteinander gewettet. In den letzten Jahren waren die Eltern nicht nur verschworen im Alltag, sie haben sich auch für ihr Ende verschworen. Sie würden ganz gern zusammen sterben. Hand in Hand dahinfahren, Hand in Hand in den Sturz oder Flug oder wie man es sonst noch nennt. Das Konzept heißt, entweder zusammen sterben, oder der Vater geht zuerst, gehüllt in Mutters Schutzmantel. Nur nicht ins Krankenhaus am Ende. Das Krankenhaus soll Vaters Ende nicht sein. So sind die Eltern verschworen in dieser Sache. Vaters Sache ist das Wort. Die Mutter muß ihm Taten folgen lassen. Sie wird sich operieren lassen. Sie wird wieder zu Kräften kommen, es wird ihr bessergehen, sie wird auch wieder für den Vater dasein. Ja, sagt die Mutter.

*

Also Krankenhaus. Und noch eine Zumutung kommt auf die Eltern zu im Winter 2000. Umzug. Im Nachbarhaus ist eine Wohnung freigeworden, das Haus hat einen Aufzug. Nie mehr müßten sie sich mit den dreiundsechzig Stufen quälen. Alte Leute soll keiner verpflanzen, heißt es. Unsinn und Unverstand, schnauben die Eltern. Aber wie soll es gehen mit Krankenhaus und mit Umzug?

*

Die Verschwörung weitet sich aus. Es gibt die Töchter Jutta, Barbara, Marie und Katrin, Eins, Zwei, Drei, Vier. Es gibt die Putzfrau Lisinka, gelernte Biologin aus Kasachstan, das fünfte Kind im Haus, sagt die Mutter. Es gibt das Ehepaar Becker, er Handwerker, beide haben bei früheren Umzügen schon geholfen. Alle, bis hin zum Arzt, zum Masseur, zu den

Nachbarn, reden den Eltern Mut zu. Die Eltern reden sich selbst gut zu. Sie sind nicht allein. Es kommt Hilfe von außen. Das Krankenhaus der Bundeswehr im Nachbarort hat einen guten Ruf. Die Mutter geht dorthin, in der Zwischenzeit wird der Umzug gemacht, danach wird für die Eltern alles leichter, so heißt das Versprechen. Jetzt erst der Rollentausch. Die Mutter wird schwach sein, der Vater muß stark sein. Ja, sagen die Eltern mit aufgerissenen Augen.
Einschnitt. Rollentausch. Ende Januar 2001 findet der Umzug statt. Zwei Tage später, schon Februar, geht die Mutter mit ihrem Herzen ins Krankenhaus.

*

Heute wird die Mutter operiert. Der Vater kann für seine Frau nichts tun. Sie haben ausgemacht, daß er warten wird, bis sie ansprechbar ist. Dann wird eine der Töchter mit dem Vater ins Krankenhaus kommen. Alleine fahren geht nicht.
Der Vater ist in der neuen Wohnung zwischen Kartons allein. Abends wird seine jüngste Tochter vorbeikommen, Vier wird für ihn kochen, nach ihm sehen. Die Schwestern haben sich abgesprochen, so daß die Eltern keinen Tag allein sein werden. Aber jetzt ist niemand beim Vater.
Barbara hat ihm geschrieben, von Hamburg aus, nach dem Umzug mußte sie gleich zurück, wieder an ihre Arbeit. Der Vater tigert mit dem Brief von Zwei durch die Wohnung. Zwei schreibt, sie hofft, daß der Vater den Tag von Mutters Operation erträgt. Sie ist in Gedanken bei ihm und bei der Mutter. Briefe kann jeder. Sie soll mit ihm sprechen. Aber Zwei ist nicht erreichbar, und er, was ist mit ihm.
Jutta ruft er nicht an, er, Doktor Phil, tut den Teufel, Eins anzurufen. Eins hat den falschen Mann genommen, der Schwiegersohn ist kein Kulturmensch, das macht die Verbindung zur ältesten Tochter schwer, da kann sie vier Straßen

weiter wohnen, da kann sie alle Umzüge der Welt organisieren. Eins arbeitet in der Nähe des Krankenhauses, in dem die Mutter liegt, sie wird vor Arbeitsbeginn bei der Mutter gewesen sein, sie wird nach der Arbeit bei ihr vorbeisehen. Der Vater pfeift drauf. Soll sie ihn anrufen. Wenn es etwas zu sagen gibt.

Abends wird Katrin, die Jüngste, von Bonn aus herüberkommen, Vier wird kommen, das weiß der Vater, aber was hilft es ihm jetzt, jetzt.

So ruft er bei Drei an, der Schriftstellerin, die als solche zu Haus erreichbar sein muß. Verbundenheit, schreit der Vater ins Telefon, das Telefon verbindet die Menschen! Der Vater schreit in Richtung Marie, er schreit von der Rheinstraße in der Kleinstadt im Rheintal bis ins Rheiderland an den Dollart. Mutter, schreit er am Tag der Operation, sie ist jetzt eine Rakete zum Mond! Es schüttelt den Vater vor Schreien und Schluchzen, es schüttelt den Hörer in Maries Hand. Ihr nachwinken, schreit der Vater. Sie muß heil wiederkommen! Marie setzt eine tiefe Stimme auf, mit der sagt sie Beruhigendes. Und kommt nicht auch nachher die jüngste Schwester, wollen sie nachher nicht Bilder aufhängen? Damit es von Tag zu Tag auch für ihn in der neuen Wohnung vertrauter wird? Der Vater setzt neu an. Alles ein Quatsch! Ihn, ihn beachtet keiner, siehe Umzug, die Packer rannten zu schnell, die Töchter räumten zu schnell, die Älteste hat die Pausenbrötchen mit falschem Käse belegt, er soll im Weg nicht stehn, man hält ihn für verrückt, dabei war er es, der den Wohnungsplan entworfen hat, bis auf den Millimeter, keiner wollte hören, was er sich dabei gedacht hat, er, der Denkmensch, Doktor Phil, aber die Packer wissen nichts, sie haben kein Interesse als den Feierabend, Marie sagt mit Helferstimme Beruhigendes, auch sollte gleich die jüngste Schwester beim Vater ankommen, vielleicht hängen sie schon ein paar Bilder auf. Nein, ruft der Vater, über die Bilder bestimmt er mit der Mutter. Gut, sagt Marie, apropos Bilder, ihr letzter Artikel, über ein Bild von Gustave Courbet, er unterbricht sie, Heil! Heil, ruft der Vater ins Telefon. Ja, sagt Marie, die Mutter wird wiederkommen, ein bißchen heiler am Herzen mit den neuen Klappen, nein, ruft der Vater, Heil, die Kultur, der Artikel, seine Kulturmenschtochter, wer nimmt Kultur heute noch ernst, er beschwört sie, wer ist der Kultur bedürftig, er nimmt seine Stimme zurück, er wird feierlich und verhalten, Bedürfnis, das ist das Wort. Ja, sagt Marie. Sie selbst hat das Bedürfnis beispielsweise, Geschwätz, ruft der Vater, was weißt du in deinem Alter, was die Bedürfnisse sind. Er ringt nach Atem, Dextropur, ruft er. Salzstangen! Flaschen mit Schraubverschlüssen, was braucht der Mensch mehr. Kleine Bedürfnisse, sagt er, verglichen mit dem Heil der Mutter, die Türklingel geht beim Vater, das ist Nummer Vier, ruft er, er legt den Hörer auf.

Marie sieht den Mond am Horizont. Der Mond ist eine Pampelmuse, die langsam wandert, die lautlos rollt. Später ist der Mond oben am Himmel zu einer silbernen Nuß geworden. Orange, gelb, silbern. Marie sagt ihrem Mann Rupert, der Vater sei durcheinander. Vielleicht auch habe er nicht gegessen und Wein auf nüchternen Magen getrunken. Der Arme, sagt Rupert, er kann einem leid tun. Später geht das Telefon, es ist die jüngste Schwester. Der Vater schlafe jetzt. Er habe die ganze Zeit durch die Wohnung geschrien. Er weigere sich, die Transportkosten für das Klavier zu bezahlen, spuckend vor Wut habe er ihr eine Tirade gehalten, er zahle nicht, niemals, nicht hier und nicht auf einem andern Stern, denn die Firma habe seinen Titel Doktor Phil auf der Rechnung vergessen. Der Vater rufe ohne Punkt und Komma. Er rede so, als gehe es um Kopf und Kragen. Er habe Logorrhöe, sei nicht bei Trost. Er sei ganz außer sich. Als sie gekommen sei, wäre der Wasserkessel schwarz verbrannt gewesen. Man könne ihn nicht allein lassen. Wie solle das aber gehen. Ob er entmündigt werden müsse? Er laufe ihr nach, gebe nicht Ruhe für eine Minute, sie wisse nicht, sie könne nicht mehr. Ein Schwanken in der Stimme, dann reißt Katrin sich zusammen. Sie knurrt. Es werde weitergehen. Man könne sich auf was gefaßt machen. Wann Marie komme.

Am andern Tag frühmorgens geht Marie noch durch den Garten, unterm Apfelbaum im Laub kommen die ersten Schneeglöckchen, ein schwarzverfaulter Apfel liegt über einem der Schneeglöckchennester, sie räumt ihn beiseite, legt das Nest frei. In ihrem Aberglauben denkt sie, jetzt wird ihr Vater sich fassen.

Als sie nach fünf Stunden Zugfahrt eilig durch die Kleinstadt Richtung Rhein läuft, die Wohnung betritt, sitzt er noch immer im Bademantel. Er ist unrasiert, das von der Schwester morgens noch zubereitete Brot krümmt sich trocken, eine Bananenschale liegt auf dem Sofa, der Vater hat eine Tüte mit Keksen geöffnet, die Krümel liegen verstreut. War Lisinka nicht hier, wie besprochen? Nein, knurpst der Vater, er habe ihr abgesagt, es sei im jetzigen Stadium unnötig, daß sie komme, sie komme ohnehin immer nur, um die Mutter zu sehen, er, Doktor Phil, sei ihr gleichgültig, und überhaupt wäre Leute sehen nicht seine Sache, so wie die Dinge stünden, Lisinka schon gar nicht, die nicht von ihm lernen wolle, was es mit Kasachstan auf sich habe und was Europa als Ganzes betreffe, historisch wie aktuell. Wahrscheinlich habe sie geklingelt heute morgen, mehrfach sei unverschämt lange geklingelt worden, Schellemännchen, sagt er, nicht mit ihm.

Die älteste Schwester ruft an, vom Krankenhaus aus, sie meldet, die Mutter sei nach der Operation entsprechend bei-

sammen, soweit wohlauf. Mamska ist heil gelandet, sagt der Vater in Zimmerlautstärke. Die Rakete ist wieder da. Von jetzt ab geht es aufwärts, sagt er. Heil, ruft er am Abend zuerst heiser und dann schallend durch die Wohnung.
Es ist gut für die Lungen, zu rufen, zu schreien. Ironie aber vergeht den Töchtern.
Sie machen weiter in der nächsten Zeit, so irgendwie.
Wer bei dem Vater ist, schluchzt, lästert oder zetert nachts ins Telefon. Hinter seinem Rücken hinterlegen sich die Schwestern Nachrichten, die Zettel liegen in der Schreibtischschublade von Mutter, sie werden ständig aktualisiert.
Keine Brötchen mehr beim verrückten Bäcker am Markt! Im Eisfach sind genug!
Gemüse steht auf dem Balkon, sein Lieblingskäse auch. Kauf keinen neuen Käse!!! Er vergißt ihn.
Mutter will die blaue Strickjacke ins Krankenhaus. Sie sagt, es hätte Zeit ... Weiß einer, wo die Jacke ist? Im Keller in der alten Wohnung?
Wo ist der Kellerschlüssel, laut Vater haben die Umzugsmänner sämtliche Schlüssel verschlampt.
Kann einer von euch ihm die Haare schneiden? Sonst hat es Mutter immer gemacht ... Zum Friseur ist er nicht zu kriegen.
Er soll Lisinka nicht absagen. Im Zweifelsfall direkt anrufen, Nummer in Mutters Adreßbuch.
Für Mutter frisches Obst. Keine Apfelsinen, keine Trauben. Was zum Lutschen für den Hals?
Wer schließt die Waschmaschine an, bei Becker fragen?
Die Zettel wechseln in der nächsten Zeit.

*

Jetzt aber geht es vor allem darum, daß der Vater so oft wie möglich zu seiner Frau ins Krankenhaus kommt. Kein Problem für die Töchter Eins, Zwei und Vier, den Vater zu fahren. Aber mit Eins zusammensein ist nicht Vaters Sache. Aber Zwei kann nur an Wochenenden kommen, sechs Stunden Reise von Tür zu Tür. Aber Viers Arbeitstag endet abends spät, auch ist ihr Mann gerade krank zu Haus. Aber Eins, Zwei und Vier fahren den Vater, irgendwie schaffen sie es. Nur Drei versucht, die anderen vorzuschieben. Auto, Auto an und für sich, sagt Marie zu Jutta, das ist mein schwacher Punkt. Und meiner ist Doktor Phil, sagt die Schwester. Sie schweigen sich störrisch am Telefon an.

*

Und er heißt Doktor Phil und hat die Familie in die Rosinante geladen, er gondelt durch Verona und Wien und Bristol, bewundert den Städtebau, und hinten tun nicht nur der Tochter Drei die Füße weh vom Bremsen, und er braust über Autobahnen in Holland, der Geographie und der Sonne nach geht es geradeaus Richtung Rotterdam, aber die Schilder meinen es besser zu wissen und sind ein Täuschungsmanöver und vorn ist es laut und überall ist es heiß, und nicht nur Dreis Magen ruckt sehr, und er gleitet und stuckert nächtens nach Haus vom Besuch bei Freunden, dort durften alle Kinder fernsehen, die Erwachsenen leerten Flaschen mit Schraubverschluß oder Korken und dann fährt das Auto Schlangen und vorn ist es laut und einer spricht laut und das Auto ruckt sehr, und sehr ruckt nicht nur Dreis Magen im Hals.

Marie gesteht der Schwester, daß sie vor jeder Autofahrt mit dem Vater Baldrianpillen schluckt. Warum läßt er Mutter nicht ans Steuer, fragt Jutta, er gefährdet den Verkehr. Inzwischen sieht er wenigstens wieder, sagt Marie. Seit der Operation. Mutter meint, er fühlt sich selbständig und frei und stark beim Fahren. Tock tock, sagt Jutta. Selbstmörderisch, alle beide. Die machen, was sie wollen, sagt Marie. Fahr doch

selbst, sagt Jutta, sein Auto hat Servolenkung, Barbara schafft das spielend, die Gänge sind wie überall, so schlimm ist die Verkehrsdichte hier nicht.
Aber Marie fährt lieber Rad, sie fürchtet das fremde Auto, die schnelle B 9, B 42. Vaters Fahrkünste sind noch schlechter als ihre, sie sagt ihm also, sie geht ans Steuer, da kennt sie den Vater schlecht, das hier ist seine Wohnung, sein Auto. Er hält den Autoschlüssel fest in der Faust, zeigt ihr die Faust, du Dummbold. Du weißt nicht mal, wo der Schlüssel liegt. Und er, Stadtmensch, Kulturmensch, Augenmensch, wird mit dem Verkehr spielend fertig. Er schießt dann dahin wie immer, ohne Blick in Rück- und Seitenspiegel, ohne den Blinker zu setzen, im Stil der fünfziger Jahre, und dem Mutigen hilft Gott, er macht sich Luft wie immer. Vor ihm und neben ihm fahren vollendete Dämlacken, gesengte Säue, Scheibenkleister, da vorn, Erzschurke, ungespitzt in den Boden rammen, du hast es gesehen, du bist Zeuge, der Vater knirscht, dieser Schleifsteinaffe hat mich geschnitten, er zwingt mich zu bremsen bei voller Fahrt. Die Welt ist leider voll Schleifsteinaffen, sagt Marie aus trockenem Mund, ihr bleibt die Spucke weg im Auto.
Kurz vor dem Krankenhaus biegt der Vater in einen Seitenweg ab und wendet und zieht den Schlüssel und läßt ihn klimpern in seiner Hand. Fahrerwechsel, sagt er, Platztausch, damit du dich übst, der Krankenhausparkplatz liegt ungünstig, abgelegen. Laufen ist nicht die Sache von jedermann. Du spielst Anlieger frei, sagt er, und setzt deinen alten Vater beim Haupteingang ab und suchst einen Parkplatz, wir treffen uns in der Halle und gehen zusammen zu Mutter, verstanden?
Als Marie einparken will, stellt sich heraus, dem Auto fehlt der Rückwärtsgang. Der Vater hat ihn mitgenommen. Hier das Pfützenfeld im grauen Nachmittag, nur Autos und kein

Mensch und auch kein Rückwärtsgang. Ein General oder so hinkt über den Platz. Die Bundeswehr ist die größte Friedensdemonstration im Land, behauptet der Vater seit jeher. Der Parkplatz steht im Land und auf der Welt. Die Welt ist ein grauer Februarnachmittag und verhangen. Der General findet den Rückwärtsgang.

*

Die Mutter liegt im Zimmer auf dem Bett. Sie versucht nicht einmal ein Lächeln, und das ist neu. Sie zieht sich an der Strickleiter hoch, die über dem Bett hängt, Bettgalgen, heißt es. Das Hochziehen braucht seine Zeit, sie will keine Hilfe. Der Vater, eilig am Fenster, bewundert die Aussicht. Dann steht die Mutter auf ihren Beinen, er kann sie begrüßen, küssen. Marie am Fenster vor der Aussicht. Mamska, hört sie. Papilio. Mein Junge, mein Mann. Auf Fliegenfüßen entschwindet Marie aus dem Zimmer.
Die Ärzte in diesem Krankenhaus tragen militärische Titel. Auf den Schultern ihrer weißen Anzüge sind Embleme befestigt, goldene, silberne Rangabzeichen. Besucher im Gang, unverhofft auch die älteste Schwester, ihr habt es also hierher geschafft, na bitte. Sie war heute früh schon da, vor der Arbeit, die Mutter bekäme vermutlich Blasenentzündung, wegen des Katheters, ganz typisch nach solchen Operationen. So gut, wie sie aussehe, gehe es ihr noch nicht. Sie habe Kassetten hören wollen, die Barbara ihr schickte, sei aber zu schwach, den Ein-Aus-Knopf zu drücken. Im Bereich des Normalen, sagt Jutta. Sie hat in ihrer Arbeit immer wieder auch mit Schwerkranken zu tun, das relativiert die Sorge, andererseits, Mutter ist Mutter. Die Schwester zuckt die Schulter. Besorgt und beherrscht. Die beiden stehen im Gang, Mutters Zimmertür öffnet sich, der Vater will Drei anherrschen. Muß sie jetzt rauchen, anstatt mit der Mutter zu sprechen? Da sieht er

die älteste Tochter, er hat mit Eins nicht gerechnet. Er gibt ihr die Fingerspitzen. Später geht die Älteste, wird abends noch einmal vorbeisehen. Dann sind sie zu zweit bei der Mutter. Die Mutter steht. Ihre Hand liegt auf der Jacke über der Bluse über dem Verband über der Brustnarbe. Dann fährt die Hand langsam hinauf durchs Haar, ordnet das Haar. Langsame Streichbewegungen. Mutters veränderte Stimme, ihr kleines Husten, ein Hüsteln. Ihr Mund, ihr Hals, ihre Brust, es fühlt sich fremd an, sagt sie mit fremder Stimme. Sie wirkt fremd. Die Mutter wirkt wie von weit.

Von dort aus sieht sie ihren Mann an.

Vor der Fahrt hat der Vater Marie gebeten: Prüfe mich. Was würde deine Mutter sagen? Deine Mutter legt Wert auf Anstand, sie will keinen Knacker, sie soll sich nicht sorgen, so hat er gesagt. Marie hat ihn gemustert und genickt und zusätzlich gewagt, ihm eine seiner weißen Haarsträhnen zur Seite zu streichen. Der Vater hat schnell gewedelt. Nun aber fort mit dir.

Jetzt im Krankenzimmer bedauert die Mutter, daß der Vater die grüne Strickjacke trägt, die flust, von der ist der Nopp schon ab, was jeder, der Augen hat, sehen kann. Der Vater und die Tochter schämen sich. Aber, sagt er später zu ihr, wenn deine Mutter schon über Flusen nachdenkt, geht es ihr besser, dann ist sie im Begriff, die alte zu werden.

Im Krankenzimmer hüstelt die Mutter, würde gern husten, raushusten alles, aber die Narbe. Der fremde Hustenreiz im fremden Hals, die Narbe, die nicht reißen darf. Stillhalten.

Die Stabsärzte tun hier so, als wären Herzklappenoperationen normal, flüstert die Mutter. Sie sind es, sagt der Vater, ein ungeheurer Fortschritt in den Wissenschaften findet statt, man muß ihn loben, er ist ein zu lobender. Aber was wißt ihr von Gerundium und Gerundiv. Marie legt den Arm um die

Mutter, beide sehen sie den Vater empört an, so empört es nur geht, er merkt es wohl nicht, und Streit kann keiner wollen. Der Major im Nebenzimmer, flüstert die Mutter, der kriegt Massagen mit Franzbranntwein. Andere aber nicht.
Die Narbe, die sie später der Tochter zeigt, ist wie ein großer länglicher Buckel, wie ein Deich, als hätte man ihr die Wirbelsäule auf die Brust versetzt. So hart, flüstert die Mutter. Marie würde ganz gerne für sie husten können.
Sie sind dann zu dritt auf dem Gang zum Tapetenwechsel. Da hinten geht der Oberfeldarzt! Sie sind alle ziemlich straff.
Ihr geht jetzt aber noch schwimmen, sagt die Mutter zu ihrem Mann. Damit du bei Kräften bleibst. Einer von uns muß es bleiben. Die Mutter versucht ein Lächeln.
Am Aufzug trennen sie sich. Rusch, macht die Aufzugtür. Der Vater klammert sich in der Kabine mit weißen Fingern an das Geländer.

*

Auf der Weiterfahrt zum Thermalbad lösen Marie und der Vater sich ab, denn lang Beifahrer sein ist nicht Vaters Sache, und lang hinterm Steuer sitzen schon gar nicht. Auf singenden Reifen rutscht das Auto in die Tiefgarage, die zum Bad gehört. Der Rückwärtsgang zum Parken ist noch da. Die beiden ziehen sich um. Kleider in die Spinde. Hier im Bad sind lauter langsame runzlige Humpler, die schielen höchstens diskret nacheinander. Marie ohne Brille ist unschuldig. Der Bademeister begrüßt Doktor Phil, er fragt nach seiner Frau, er gibt dem Vater den Arm und führt ihn ins warme Wasser. Am Beckenrand entlang tastet der Vater sich raus ins Freie. Schwaden von Dampf wabern über dem Becken. Was rauscht, könnte die Lahn sein, kaum hundert Meter weiter fließt sie. Schwimmen muß man hier nicht, man kann überall stehen, die Mutter liegt immer gern auf dem Rücken und läßt sich schaukeln. Hier in der warmen Suppe muß man nicht permanent reden, hier ruft keiner laut, hier geht alles langsam, man plätschert und läßt sich treiben, das Wasser trägt, es macht alles leicht. Ferien, sagt der Vater. Deine Mutter wird froh sein, wenn sie an uns so denkt. Er lächelt. Da. Er zeigt. Ihr Lieblingsbaum. Aus Nordamerika die uralte Sequoia. Die lebt länger als wir. Wir werden Mamska anrufen und ihr sagen, hier war es wie immer. Beinahe. Bald ist alles wieder wie immer, sagt ihm die Tochter. Der Vater muß husten, dreht sich schnell weg, entfernt sich. Sie lassen sich treiben. Jeder für sich im Wasser.

Wenn nur das An- und Ausziehen nicht wäre. Das macht das Schwimmen immer zum Angang. Wenn nur diesmal nicht Vaters Spind sperrangelweit offenstünde. Seine Kleider sind da. Seine Tasche mit den Papieren, dem Geld, den Pillen und dem Autoschlüssel ist nicht mehr da. Sie stehen vor dem Spind, er in den Bademantel, sie in ein Tuch gewickelt, sie sehen sich blaß an. Der Bademeister kommt mit der Tasche. Er hält einen kleinen freundlichen Vortrag. Und aufpassen. Und nicht vergessen. Und freche Jugendliche überall. Und Ausnahmen und Glück in diesem Fall. Und künftig.

Jetzt aber nichts wie nach Haus.

In der Tiefgarage im Auto, Marie hinterm Steuer. Wo ist das Licht. Sie hat es gewußt, sie hat es ausprobiert vor der Fahrt, jetzt weiß sie es nicht mehr. Wo sind die Scheinwerfer? Der Vater schnauft, Dummbold, er wedelt nach vorn, da sind sie. Die Scheibenwischer fahren hin und her. Nein, da! Durchs Parkhaus dröhnt ein Hupen. So verloren. Kein General, kein Niemand läßt sich hier sehen. Marie drückt Knöpfe, betätigt Hebel, Schweiß auf den Nasenflügeln. Die Lichter gehen an. Es hat nur einen Augenblick gedauert. Schon haben sie im Parkhaus übernachtet.

Jetzt aber nichts wie nach Haus.
Die Tochter verfehlt eine Abfahrt, rechts, hatte der Vater gesagt und gerade rechts nicht gemeint, sie gurken durch dunkle Dörfer, holpern über Katzenkopfpflaster, jetzt aber nichts wie nach Haus.

*

Zu Haus beim Vater geht es an die Arbeit, endlich einsichtige richtige Arbeit. Die Töchter haben den Umzug straff organisiert, jede nach den Fähigkeiten, die ihnen zugeschrieben worden sind, die unumstößlich feststehen. Eins ist zuständig für alles und nichts, für die Leitung des Umzugs, für Kleinkram. Kleider, Wäsche, Geschirr, das alles hat schon seinen Platz, Vier hat den Haushalt in Ordnung gewirbelt, und Zwei hat Mutters Sachen eingeräumt, ihre Bücherregale, den Schrank mit den Klavier- und Flötennoten, ihren Schreibtisch. Vaters zwölf Bücherkisten stehen noch da, für seine Bücher ist Drei zuständig. Marie und der Vater, Kulturmenschen, Kopfmenschen.
Der Vater sitzt auf dem Stuhl beim schwarzen Jugendstilschrank, die Möbel kommen aus seinem Elternhaus, er ist mit ihnen groß geworden, hat gelebt mit ihnen da und dort, und in den schwarzen Jugendstilschrank gehören, nach System geordnet, Sachbücher, Abteilung Geschichte. Ohne griffbereite Bücher ist man nur ein halber Mensch, sagt er, endlich die Bücher. Die Tochter wischt den Schrank aus. Allerhand Kleinkram steht auf den Bücherkisten und um sie herum, Taschen, Kästchen, auch Bilder, auch Rahmen, auch Lämpchen, das alles fällt noch unter unklar, sagt der Vater. Kommt teilweise aus dem Keller, hat nichts zu suchen hier oben, typisch die Packer, die haben ohne Sinn und Verstand nur geräumt. Marie will den Kleinkram beiseite bringen, Kisten leeren, Platz schaffen, nein, ruft der Vater, aber, sagt Marie. Kein

Aber, ruft der Vater, quasseln kann er allein, hier wird nicht gequasselt, hier wird getan nach seinem Willen, sein Rufen steigert sich, er stützt sich hoch, beugt sich runter, fängt an, wahllos Dinge aus Kästchen und Taschen zu heben, zu drehen, probeweise aufzustellen, hin und her zu rücken, aber Vater, wenn du nicht helfen willst, bitte, jetzt schreit er, er bückt sich krachend, zerrt an einem Rahmen, preßt ihn an sich, fährt schreiend auf, brüllt. Marie mit gesträubten Haaren, Sturm, Sausen, Säbelrasseln, der immer schwelende Krieg ist wie immer von einem Moment zum anderen in die heiße Phase getreten, die Tirade der Turm der Tyrann bricht los, ihr wollt nicht, ich werde, ich, ich, nie wieder, zum letzten Mal, alles nieder, nie wieder, luftschnappend, spuckend, fuchtelnd, heddernd, der Vater plumpst auf den Stuhl zurück. Poch poch. So ein Herzklopfen jetzt bei beiden. Wir gehen jetzt runter auf hundertzwanzig, sagt leise die Tochter zu beiden. Sie weicht seinem zornig geschlagenen Blick aus. Sie werde jetzt rauchen, draußen auf dem Balkon. Über die Rheinbrücke tobt der Verkehr sechsspurig, das ist ein Frieden.
Was er aufgeräumt haben möchte, fragt sie ihn drinnen. Will, korrigiert der Vater. Ich will. Das wird man doch sagen dürfen in seiner eigenen Wohnung. Marie betrachtet den Homerkopf aus Gips auf dem Schrank. Der Vater entschließt sich für Tasche eins. Deren Inhalt stellt die Tochter wunschgemäß überall in den Zimmern auf, vor Wänden, Möbeln, auf Fensterbänken, wo sie, vielleicht einmal, Platz finden werden. Der Vater wird es mit der Mutter besprechen, wenn die Mutter da ist. Vielleicht in sechs Wochen. Tasche zwei, drei, vier, Kästchen eins und zwei. Lisinka mit dem Staubsauger, murmelt der Vater, sie wird sich nicht freuen. Beim nächsten Rundgang durch die Wohnung wedelt er bedenklich. Es sieht nicht mehr anständig aus, nicht wie vorher.

Überhaupt ist unklar, ob der Wandteppich wirklich wieder, auch das Mobile, beide stören, wie sie da, zusammengerollt, zusammengelegt, vor dem Kleiderschrank liegen. Der Vater setzt sich auf das Bett im Schlafzimmer. Bist du so gut, die Taschen zu holen? Am besten packst du alles zurück in die Taschen und schiebst sie unter das Bett. Was meinst du, er zögert, wird dann nicht später alles vergessen? Sie glaubt nicht, sagt die Tochter, sie wartet ab. Unters Bett mit dem Zeug, der Vater winkt die Sachen mit großer Gebärde fort. Die Tochter sammelt Sachen und Sächelchen wieder ein, unters Bett damit. Endlich Platz, sagt der Vater, wir beide, er klatscht in die Hände, der Tynarr und die Tochter. Wie wir es beide schaffen.

*

Tage vergehen, drei, vier? Marie lernt, passabel das fremde Auto zu fahren. Sie lernt Vaters Pillenschrank kennen an einem schwarzen Tag, die wichtigste lebenspendende Pille verschwunden, nicht aufzufinden, wenn nicht sofort, jetzt gleich, unverzüglich, lauf. Marie läuft, und so lernt sie den Apotheker, seine drei Angestellten und Vaters Hausarzt kennen. Lächerlich, sagt der Vater am Abend, soviel Geschrei um so kleine Pillen, jedem kann ein Versteck entfallen, und daß die Pillen im Hauptdepot so weit nach hinten rutschen konnten, wer ahnt das, alle machten zuviel Geschrei, man traue ihm offenbar nicht ein Mindestmaß an Vernunft zu, aber da hätten sie sich geschnitten, sein System der Haupt- und Nebendepots funktioniere gut, wie auch die blauen, blaugrünen, blauroten Döschen, wenn man ihn nicht aus der Ruhe bringe, wenn andere Leute die Contenance behielten.
Tage vergehen, diese Tage fangen um halb acht morgens mit einem Vortrag an, der dauert bis nachts gegen elf. Der Vater legt es darauf an, mit seiner Stimme die Wände in der Woh-

nung zu überwinden. Sein Rufen folgt der Tochter bis ins Bad. Da hört sie nicht mehr den Sinn, nur den Tonfall.
Früher, bei Elternbesuchen, empörte Marie sich gegen das Fernsehgerät: Der Meister Mundtotmacher, der Herr Hirnverkleber. Vaters Position: Das Fernsehn macht die Dummen dümmer und die Klugen klüger. Früher sahen sie unzählige Sendungen, allerdings oft ohne Ton, damit der Vater seinen fünf Frauen die laufenden Bilder erklären konnte. Jetzt sieht der Vater nicht mehr fern, er selbst ist nah, er redet, er füllt die Wohnung mit Reden, sie hängen wie Spinnweben überall, wie Lianen, man müßte eine Machete haben, um sich einen Weg durch die Reden zu hauen, mit denen der Vater die Wohnung füllt, füllt.
Bei Marie zu Haus soll es das Husten der Nachbarskühe gegeben haben, dann wieder Stille. Es soll im Herbst das Plopp der Äpfel gegeben haben, zu hören drinnen am Tisch. Es soll den Lärm des Luftgebläses des Computers gegeben haben. Es soll Rupert gegeben haben, der draußen nieste, daß es vom Nachbarhof widerhallte, verhallte, dann wieder Stille. Hier in der Rheinstraße spricht der Vater. Alles ist dick verhangen von Reden.

*

Vaters Bücher. Sie beißen sich durch Bücherkisten, tagelang in drei Schichten, vormittags, nachmittags, abends. Zu jedem Buch hat der Vater Gedanken, oft auch Gefühle. Es geht ihm darum, Ballast abzuwerfen. Marie, Minimalistin, macht mit, solange es um Geschenkbände geht, die nach Jahren noch eingeschweißt stehen. Ein freigewordener Umzugskarton wird aufgestellt für Herrn Becker, der nach wie vor unersetzlich ist. Er organisierte die Packer, er dübelte die Regale in Wände, er hat die Lampen angeschlossen, er übernimmt alles Unbrauchbare für Flohmärkte da oder dort. Westermanns Monatshefte von 72 bis 77, Herr Becker wird sie mit Gewinn verkaufen, obwohl, Vaters Hände zucken nach dem Stapel, den die Tochter hochhält. Sie reicht ihm das oberste Exemplar, hebt ein runtergefallenes auf, so, sagt der Vater. Hier scheint es sich um fernöstliche Instrumente zu handeln, sagt er, das wäre etwas für Vier, für die Jüngste, die ist gelegentlich in einem Chor Solistin. Nein, sagt Marie, solidarisch mit Katrin. Auf deine Verantwortung, der Vater murrt. Zügig trennt er sich von drei Stapeln Lebendiges Rheinland Pfalz. Bei den Jahrgängen 1970 ff. hat er selbst nicht mehr mitgewirkt, davon trennt er sich jetzt. Das kleine Lexikon der Weltliteratur von 1954 geht an Marie, ein Dokument, preist der Vater. Und weil sie immerhin vier Semester Pädagogik studiert hat, reißt er sich gleich noch die didaktischen Präludien von Gaudig vom Herzen, Leipzig 29, die wird es nie wieder geben. Warum Menschen in verschiedenen Sprachen sprechen, Verlag der sowjetischen Militärverwaltung Berlin 47, eine Broschüre, eindeutig ein Buch für Marie, der Vater blättert, besinnt sich, schüttelt den Kopf. Jeder gebildete Bürger der Sowjetunion sollte, ohne seine Muttersprache zu vernachlässigen, die Sprachen der benachbarten und verbündeten Nationen lernen und kennen. Die weltweite Zusammenarbeit aller freiheitsliebenden Nationen sowie die Annäherung ihrer Kulturen und Sprachen werden dadurch erleichtert werden. Idealisten, sagt der Vater nachsichtig, aber mit vierzig Jahren sollte selbst Drei langsam soweit sein, selbständig die Spreu vom Weizen zu trennen bei der Lektüre. Er glaubt, ihr dies Dokument jetzt anvertrauen zu können.

Schon immer, spätestens seit seiner Pensionierung vor fünfzehn Jahren, trennt sich der Vater von Büchern. Die Bücher nehmen kein Ende. Schadenfroh stapelt Drei mehrere Bände Geographie und Geschichte Nordspaniens, printed in 66, in

eine Tüte für Schwester Zwei, was fährt die auf ihren Reisen nach Portugal auch durchaus über Nordspanien.
Marie macht ihre Rauchpause, und als sie zurückkommt, schluchzt der Vater. Kleine jagende stimmlose Stöße. Er umklammert das Buch seines Doktorvaters. Er stammelt etwas. Schwer verständlich. Helle. Die helle Klarheit. Der Sätze helle Klarheit, hört die Tochter. Was weint er. Was ist ihm. Der Vater ist untröstlich. Seine beschlagenen Brillengläser, er stammelt. Der Sätze helle Klarheit, bringt er zusammen. Die Tochter, mit verstopfter Kehle, bringt ihm sein Weinglas. Der Vater trinkt in tiefen Zügen. Mein Doktorvater, dann liest der Vater der Tochter vor. Die zitternde, brechende Stimme fängt sich. Als er aufhört, fragt sie, ob sie das Buch leihen kann. Er senkt den Kopf. Ich selbst muß mich anklagen. Ich habe seine Hoffnungen nicht eingelöst. Ich habe Schuld auf mich geladen. Die Schuld hat sich erwiesen. Der Vater sitzt auf der äußersten Stuhlkante, die Unterarme auf den Oberschenkeln aufgestützt, er sieht nicht auf. Er ist ganz unerreichbar. Maries Gestammel geht an ihm vorbei.
Der Vater poltert dann in die Küche, nimmt sich Wein. Nun schlaf nicht gleich ein, sagt er zur Tochter und zeigt auf die Bücherkisten.
Bücher einräumen ist einfach. Es lenkt den Vater von der Angst um die Mutter ab, es stellt das vertraute Wohnungsbild wieder her, allmählich füllen sich die Schränke und Regale mit den bunten Buchrücken. Bücher einräumen ist schwer. Erinnerungen steigen wimmelnd auf. Vier Bände Heine in Leder, ausgerechnet dieser Luftikus in Leder, der Vater will nur einen Band lassen, die anderen beidhändig wegwedeln gegen Dreis Protest, er will Ballast abwerfen. Dann streckt er aber doch die weißen Griffelfinger aus. Zu prüfen, was Bestand hat, wie er sagt.

Er blättert in der Heine-Ausgabe. Das weiß die Tochter nicht. Es war in der Zeit zwischen der staatlichen und der kirchlichen Trauung. Mit anderen aus der Pfarrgemeinde waren sie für ein Wochenende in Trier, der alten Römer- und Bistumsstadt. Der Vater und die Mutter, schon staatlich getraut, durften sich kein Hotelzimmer teilen. So war das damals in Kirchenkreisen. Du schönes Fischermädchen, treibe den Kahn ans Land; komm zu mir und setze dich nieder, wir kosen Hand in Hand. Der Vater blättert, murmelt. Verlogene Kirche. Luftikus. Mut. Soviel versteht die Tochter. Meer, versteht sie, Sturm. Seine Stimme wird kleiner. Drei soll draußen rauchen gehn. Mein Herz gleicht ganz dem Meere, hat Sturm und Ebb' und Flut, und manche schöne Perle in seiner Tiefe ruht. Draußen und drinnen schnappen Marie und der Vater nach Luft, und schon wieder Nacht, und spät, und sie haben sich übernommen, schon wieder sich übernommen, mit zuviel Mut, zuviel Perlen, zuviel Meer, und schon fast wieder elf, und nach Mutters Regeln sollte schon Ruhe herrschen, Schlafenszeit, und die Mutter weiß Maß zu halten, sie hat es gelernt, lernen müssen, zum Vorteil für alle, Marie hätte längst den Vater zum Schlafengehen überreden müssen. Dumme Marie. Der Vater stärkt sich, Salzstangen zerkracht er, spült mit Schorle nach, er steht in der Küche in Krümeln. Dann nimmt er noch einen Schnaps für das Herz. Draußen der Mond wäre auch von zu Haus aus zu sehen, zu Haus gehört hier nicht hin, Marie faßt den Vater bei der Schulter, sagt einen seiner Kosenamen. Soll sie ihm beim Schlafengehen helfen? Er schüttelt sie flatternd ab, er tippt sich an die Stirn, Vier spinnt wieder, nein, Zwei ist es, er wedelt Drei weg. Selber schlafen gehen. Sie hört ihn noch eine halbe Stunde am Schreibtisch. Der Vater rumort.

*

Telefondebatten unter den Schwestern. Ja oder nein. So, nein so. Der Vater muß nach zehn Uhr abends mit sanfter Gewalt ins Bett geschickt werden, unter Hinweis auf Mutters Wünsche. Warum? Er entspannt sich abends, war immer ein Nachtmensch, man sollte ihn lassen. Er macht, was er will.

Der Vater wärmt sich das vorbereitete Essen nicht auf, wenn keine der Schwestern bei ihm ist über Mittag, er ißt Bananen, Dextropur, Salzstangen. Dextropur und Bananen sind so dumm nicht, er hat schon immer eine studentische Art gehabt, gerade, wenn Mutter nicht da war. Er macht, was er will.

Der Vater läßt sich mit Vorsatz hängen, suhlt sich in Sentimentalität, in Selbstmitleid, man muß ihn energisch auffordern, sich zusammenzureißen, Form zu bewahren. Laß ihn. Es ist jetzt schwer für ihn. Er macht, was er will.

Der Vater duscht nicht jeden Tag, was man sehen kann an der Ordnung im Bad, er schiebt die rutschige Wanne vor, eine Gummimatte darf keiner kaufen, die Farbe der Matte will er erst gründlich mit Mutter bedenken. Er duscht vor den Mutterbesuchen, alle drei Tage, das reicht. Er macht, was er will.

Man dürfte ihn beim Duschen nicht allein lassen. Er will allein sein, hilft sich auf seine Art, er hat, wie nur, den Wäscheschrank im Schlafzimmer gefunden, geöffnet, ein Handtuch genommen, auf dem er anscheinend in der Dusche steht. Er macht, was er will.

Der Vater schluckt ständig ein Abführmittel und quasselt von wegen Gift aus dem Körper. Aber die Mutter sagt, er soll es nicht dauernd nehmen. Er macht, was er will.

Der Satz schließt alle Debatten ab.

Was der Vater nicht kann: Gebrauchte Taschentücher in den Abfall werfen. Teepfützen aufwischen. Krümel mit dem

Fuß beiseite schieben. Rechnungsformulare ausfüllen. Lüften. Der Vater benutzt seine Serviette nur, wenn man ihm kommt mit Tränen. Nicht Maries Sache.
Was der Vater kann: Tee kochen, mal so, mal so. In Begleitung Auto fahren. Schraubverschlüsse von Wasser- und Weinflaschen öffnen. Vertreter der Krankenkasse telefonisch zusammenschnauzen. Die Pillenorganisation und -einnahme. Am schwarzen Tag der Pillen sah er, die lebenspendende Pille fehlte, keine Widerrede, wenn jetzt nicht gleich, Minutensache, SOS, höchste Gefahr, lauf, Marie rannte, rannte, während er telefonisch Arzthelferin, Arzt, Apotheker, beinahe auch die Mutter schreiend alarmierte. Es fanden sich später drei Vorratspackungen, von den Schwestern in ähnlichen Situationen besorgt, die Zettel in Mutters Schublade hinter Vaters Rücken können versagen. Am Abend des Pillentages rief Marie die Schwestern an, wollte nicht debattieren. Vor tröstenden Zuhörern wollte sie sich in Selbstmitleid suhlen. Aus dem Hörer nur der elektronische Fiepton, zweigestrichenes e fällt runter auf tremolierendes c oder so, die Schwestern surfen im Internet. Auch Rupert war nicht erreichbar.

*

Die Mutter freut sich auf die Kur. Am Telefon sagt sie Marie, ihre Operation sei ein hoher Preis gewesen. Sie zahle ihn, damit es ihr und dem Vater langfristig bessergehe. Die Kur sei ein Hoffnungsschimmer, morgen gehe es los. Schöne Prospekte, Bad Schwalbach im Taunus. März. Der März im Rheiderland ist kalt und blaß. Strenger, scharfer Nordostwind. Die Wildgänse am Himmel kämpfen dagegen an, sie kriegen ihre schöne Formation als Eins nicht hin. Am Boden wollen ein paar letzte Schneekrusten nicht schmelzen. Durch die alten Brennesseln stoßen sich junge ins blasse Licht. Auch die quietschigen grünen Tulpen geben nicht auf. Immer noch schwimmt wäßriges, gelbes Eis auf dem Tief. Immer noch böiger Wind von Nordost. Wenn man zu Haus den schmalen Fußweg am Tief entlanggeht, zum Schlafdeich hoch, über den jetzt eine Straße führt, wenn man zum Briefkasten an der Straße geht, hört man die Äste der Weiden, wie sie im Wind gegeneinanderschlagen, Holz auf Holz, Knochen, die Knochen der Bäume. In Bad Schwalbach im Taunus wird es nicht viel wärmer sein. Im Rheiderland der tägliche Weg an den Deich. Wenn Marie neuerdings von ihren Eltern kommt, geht sie den Weg am liebsten allein. Sie heult, schluchzt, suhlt sich in Selbstmitleid. Erster Löwenzahn wagt sich raus. Meisen pinkern. Einmal sitzt frühmorgens eine Rauchschwalbe auf der Wäscheleine im Garten, ihr tief gegabelter Schwanz, der helle Bauch, das schwarze Federkleid, sie hat sich verflogen, sitzt auf der Leine, als wisse sie hier ganz und gar nicht weiter. Noch viel zu früh in diesem Jahr. Noch Nachtfröste, um die fünf Grad.

*

Nach Tagen zu Hause wieder beim Vater. Die Schwestern haben in der Zwischenzeit den Keller eingerichtet, auch den Balkon, sie haben geräumt und sortiert. Unter Vaters Fuchtel, mit seiner Hilfe, hinter seinem Rücken. Die Schwestern bestätigen sich telefonisch: Solang man etwas tun kann, ist es gut. Man hört dann Vaters Reden nur mit halbem Ohr. Für Marie sind jetzt nur noch drei Kartons übriggeblieben, die in den Wurzelholzschrank im Flur gehören. Der Vater sitzt im Flur auf einem Hocker, er wirkt aufgeräumt. Das Schwerste am Schluß, sagt er. Er habe es die ganze Zeit gewußt, was ihr bevorsteht, er wolle aber keine scheuen Pferde. Zwei, nein Drei, Drei sei ein nervöses Hemd, siehe neulich, die kleinen Pillen. Der Vater und die Tochter sehen in den offenen Karton. Da müßten sie jetzt durch, sagt der Vater mit Ruhe.

Alphabetisch, bitte schön. Wie er denn sonst seine Sammlung je nutzen solle.
Der Vater ist bei der Sache. Er winkt, Marie greift mit spitzen Fingern in den Karton, reicht ihm die erste Handvoll Papiere. Einfach Papiere. Einzelne Seiten, Briefumschläge, Prospekte Broschüren Faltblätter Landkarten, einzelne Seiten, zusammengeheftet mit Büroklammern, andere Papiere sind da mit reingerutscht, viel Verknittertes auch. Die Packer vielleicht. Ein Irrtum wahrscheinlich. Ein Witz, bestimmt. Der Vater schüttelt den Kopf. Die Packer, immer wieder die Packer, bittere Erfahrung, Drei sagt da ein wahres Wort. Nur und nur am Feierabend sind sie interessiert. Ohne Verstand und lieblos. Mit den Kisten hat es aber seine Ordnung, in diesem Fall kann er den Packern keine Schuld zusprechen. Vorwärts. An die Arbeit, er und sie. Mach das Oberlicht an. Der Vater faltet einen bunten Bogen auf. Mode? Tchibowerbung? Unsinn. Du mußt richtig hinsehen. Innen haben wir es gleich, das ist der Stadtplan von, wie hieß es, Uelzen. Vor dem Schrank sitzend, wedelt der Vater nach unten rechts, Uelzen wie UVW bis Zett, irgendwo muß man anfangen, warum nicht bei U, es wird sich alles wunderbar ordnen. Der Prospekt der Stadt Angermünde kommt natürlich nach ganz links oben, die Reise einundneunzig, als die Mutter ihm fast verlorenging, am vereinbarten Treffpunkt kam sie verspätet an, ist es so schwer mit dem Alphabet? Pirmasens, Hagen, Lüneburg, Ulm, ein Briefumschlag mit Postkarten, der Vater äugt hinein und lächelt. Er zeigt Marie eine gotische steinerne Frau in gefältetem Kleid, schmerzerstarrt. Der Vater lächelt. Wohin wohl mit ihr? Naumburg, sagt die Tochter. Der Vater klatscht. Sie erinnert sich also, sein Diavortrag, damals, war es zweiundsiebzig oder dreiundsiebzig? Es hieße, den Nazis zuviel Ehre anzutun, wollte man sich von ihnen die Schönheit der Gotik

nehmen lassen, er steckt die Postkarte in den Umschlag zurück, reicht ihn der Tochter, Marie legt die Abteilung N fest. Zweiundzwanzig Jahre liegt ihr Auszug aus der vorvorletzten Elternwohnung zurück. Den Schrank mit der Wurzelholztäfelung hat sie bei ihren Besuchen nie näher angesehen, in der vagen Erinnerung, uninteressant. Jetzt lernt sie den Wurzelschrank kennen, Geoschrank, heißt er richtig. Ärgerlich wirft der Vater den Werbeprospekt für eine Butterfahrt auf den Boden. Altpapier, Abfall, weg damit, in den Orkus. Wer hat bloß die Finger an seinem Schrank gehabt. Marie versteht es auch nicht. Gleich will sie drei verknitterte Prospekte unangesehen hinterhergehn lassen, zu Boden. Halt. Was sie, so flüchtig und oberflächlich wie man sie kennt, für bloße Hotelwerbung hält, birgt auf der Rückseite eine Ansicht von, eben, Schloß Solitude, und hier, der Stadtplan von Stollberg bei Aachen, da liegt auch der von Münstereifel! Was macht die Tochter, wenn sie einmal da zu tun hat? Auch in Münstereifel gibt es Tagungen, was macht sie ohne ihn? Er hilft gern aus. Ihr ignorantes Naserümpfen gegenüber alten Plänen ist gänzlich unangebracht, gerade für einen Kopf- und Kulturmenschen, der anhand der alten Pläne Stadtentwicklungen verfolgen kann, siehe Neuwied. Entstehung und Scheitern des Konzeptes Fußgängerzone. Gedacht zur Verkehrsberuhigung, zur Entwicklung von Urbanität, wurde die Fußgängerzone seit den siebziger Jahren nicht nur in den Großstädten, siehe Köln, Hamburg, München, sondern überall durchgesetzt, auch in der Kleinstadt Neuwied. Das Konzept allerdings ging nicht auf, die Sterilität ganzer Straßenzüge, sie dienen lediglich dem Konsum, McDonald's und Tchiboketten, Stichwort Austauschbarkeit der Städte. Verkehr bedeutet Kommunikation der verschiedenen Tempi, die verschiedenen Bewegungsformen wurden entmischt, Kommunikation findet nicht mehr statt, nur Fußgänger hier und Fahrradweg da, Reservate, Monokultur. Die Produktion wird ausgelagert, Fußgängerzonen sind Geisterzonen, Drei soll sich abends auf dem Luisenplatz umsehen, ruft der Vater und winkt drohend mit dem Zeigefinger, Papier fällt ihm aus den Händen. Er unterbricht sich, sieht auf das Hügelchen auf dem Boden. Er ist plötzlich ganz verstört. Wie ist er auf Fußgängerzonen gekommen, die ihn kein Jota interessieren, er murmelt, Jota. Jota. Die Griechen. Sitzend vom Hocker aus bückt er sich, sammelt ein. So schlecht kommt er wieder hoch. So klein sitzt er vor dem großen Karton vor dem großen Schrank vor der großen, 1 Meter 60 lang stehenden Tochter. Marie gibt ihm recht, mit den Fußgängerzonen, auf die er gekommen war über Stadtpläne, die sich, auch da hat er recht, verändert haben, in Vaters Kindheit und Jugend gab es das helle Blau für die Fußgängerzonen sicher noch nicht. Nach einem Bombenangriff bringt einen kein Stadtplan weiter, sagt der Vater, die Kriegszeit in Krefeld, Staub, immer Staub. Alles ganz unkenntlich. Die Bläue. Woher die Bläue. Was war es mit dem hellen Blau. Trüb sieht der Vater auf den Boden, so trüb. Rauchpause, sagt die Tochter schnell, streift ihn vorsichtig, seine Hände zucken auf, sie geht in die Küche, schält Apfelsinen. Als sie mit dem Obstteller kommt, klatscht der Vater. Weiter im Text, sagt er, sprudelnd kauend. Sie gibt ihm eine weiche Klarsichtfolie, Broschüren über Berlin, Potsdam geht unter Berlin, wir sind nicht katholischer als der Papst. Die beiden nicken sich zu, aber dann soll Marie nicht verrückt spielen in Sachen Basel. Immer überstürzt sie alles, anstatt abzuwägen, nachzudenken, leichtfertig will sie Basel unter B einordnen, arrêt, er sagt es entschieden, schwer, mit Gewicht. Er muß sich besinnen. Gab es im Geoschrank eine internationale Abteilung, oder war alles eins? Zurücklegen, Basel beiseite fürs erste, Basel

wird später entschieden, er wedelt, Marie legt beiseite. Später, als der Vater aufsteht, zerknickt sein Fuß Zurückgelegtes, weg damit, befiehlt er, was schon am Boden liegt, steht unter Verdacht. Die störrische Tochter ordnet nachts, als der Vater schläft, das Zerknickte, wieder geglättet, zurück in den Schrank, katholischer als alle himmlischen Heerscharen. Solang man etwas tun kann, ist es gut.
Irgendwann ist der Geoschrank eingeräumt. Da fragt Marie den Vater, ob er je daran gedacht hat, die Broschüren in Ordner abzuheften. Bei den vielen Umzügen hätte man sich die Arbeit erleichtert. Ts ts, sagt der Vater und wedelt nachsichtig aus den Handgelenken. Als schüttelte sich ein Schellenbaum. Drei, Drei, sagt Vater. Du bist von allen vieren der Kopfmensch. Aber dann doch zu dumm, um zu bedenken, daß solche Ordner ihrerseits Platz wegnehmen. Mehr Platz als einzelne Broschüren. Verstanden? Dumme kleine Marie, sagt der Vater froh.

*

Dann fahren beide zur Mutter zur Reha nach Schwalbach. Der Vater ist schon dagewesen mit Zwei oder mit Vier, was hat er so viele Kinder, nicht auseinanderzuhalten, Vier ist gerast, man muß leider sagen, so, wie ein Schleifsteinaffe, jetzt will der Vater sich Zeit lassen. Er leitet Drei, die am Steuer sitzt, bis vor die Klinik, hier ist es. Sicher. Seltsam. So steil dieser letzte Fußweg, kannst du nicht näher an den Eingang fahren, wir sind Anlieger, frei, die verhindern das! Neulich war keine Schranke da, sie haben das Ding neu aufgestellt zur Schikane, hier ist es. Sicher. Seltsam. Marie soll einen Parkplatz suchen, er steigt schon aus, muß diesen letzten Weg wohl zu Fuß machen, sie soll nachkommen, er wartet. Als die Tochter den steilen Weg, bepackt mit einem Koffer frischer Wäsche für die Mutter, mit Vaters Mappe und ihrem eigenen

Rucksack keuchend hochkommt, sitzt der Vater in der Vorhalle keuchend auf einer Bank, zurückgelehnt mit großen runden Augen. Hier, wo wir sind, ist es nicht .

Sie sind in der orthopädischen Klinik.

Marie setzt sich neben ihn, legt ihm den Arm um den Buckel, um die Schulter, um den Arm. Der Vater wehrt sich nicht. Wir finden die Mutter. Sie finden die Mutter.

Die hatte schon vor fünfzehn Minuten mit ihnen gerechnet, war etwas in Sorge, sie habe sich dann aber klargemacht, daß ohne sie der Laden eben nicht laufe, wahrscheinlich habe Vaters Mittagsschlaf sich in die Länge gezogen. Flehentlich sieht der Vater seine Frau und seine Tochter an. Die Tochter entschuldigt sich bei der Mutter, sie habe noch telefonieren müssen mit einem der Arbeitgeber beim Sender, für den sie Bücher rezensiert.

Zu dritt versuchen sie im fremden Mutterzimmer, zusammen zurechtzukommen. Die Mutter entschuldigt sich, sie habe niemandem etwas vorwerfen wollen, Papilio habe wahrscheinlich keinen Mittagsschlaf gemacht wegen der Aufregung, ihr brauche man nichts zu erzählen, sie habe auch nicht geschlafen. Sie sei so froh, sie beide zu sehen. Menschliche Gesichter. Bad Schwalbach sei das Letzte.

Die Mutter hat immer noch eine heisere Stimme. Rauhes Geflüster ohne viel Klang. Aber in ihrem Ton sind Wut und Erbitterung neu. Die Mutter läßt solche Gefühle sonst nicht bei sich zu. Ihre Tischnachbarin links sei eine depressive rotzende unerzogene Gans. Der Tischnachbar rechts stocktaub. Im Prospekt der Reha stünden schöne Angebote, die würden aber nur für die Saison gelten, jetzt habe sie davon nichts. Das Wetter hier oben verbiete Spaziergänge, zumal der Husten nicht verschwinde. Spaziergänge, hustet die Mutter, sie sollten mal aus dem Fenster sehen. Übrigens auch kein

Balkon, das wäre ihr anders versprochen worden. Da, der Ausblick aus dem Fenster. So sei das hier überall.
Hier nah wird gebaut. Verschlammte, aufgerissene Wege. Weiter hinten schwarz und schweigend eine Wand aus Nadelbäumen. Schneekrusten am Boden auch hier, und eine Pfütze an der anderen. Zum Spazierengehen sei sowieso keine Zeit, sagt die Mutter. Gymnastik, Inhalieren, Wassertreten, Massage, autogenes Training, Vorträge für die Herzklappenträger. Und immer das olle Essen. Die bekämen hier nicht mal ein Ei so gekocht, daß es schmecke. Wahrscheinlich liege es an ihr selbst. Die wunde Mundhöhle, es schmecke alles nach Pelz und nach Medizin, in der Küche seien sie schon beleidigt, weil sie nicht esse. Sie wolle niemand beleidigen. Am liebsten würde sie abhauen, am allerliebsten bei Nacht und Nebel husch dahin auf dem Besen, ätsch, weg. Der Vater sagt, er sei froh, sie so reden zu hören. Wer so rede, verrate selbständiges Denken, Nonkonformismus, Widerspruchsgeist. Der sei auf dem Weg der Besserung. Er wolle ihr gratulieren. Die Eltern mustern sich. Fremdheit voreinander und Verschwörung miteinander fließen zusammen.
Später liegt der Vater auf dem Bett der Mutter, die zeigt ihrer Tochter das Haus. Weitläufig, sagt die Mutter, man könne all die Anwendungsräume kaum finden, in allen Gängen alles Verirrte, bei allen Verirrten immer die Sorge, zu spät zu kommen. Wenn man gerade im Zimmer liege, schrille das Telefon, fordere einen von jetzt auf gleich auf zu kommen, Terminverschiebung, man haste los zum Nordpol oder an die Luft oder ins Wasser, wohin man eben bestellt worden sei.
Später zu dritt in der Cafeteria. Tee für die Eltern, die Tochter nimmt Mineralwasser, dann noch eins, ist durstig, wieder mal bleibt ihr die Spucke weg, und vielleicht nicht nur ihr. Von der Mutter gefragt, was das für neue Sitten seien, erklärt sie,

sie habe was gegen Beutel mit lauwarmem Wasser. Eine Tasse wirklich schönen Tee bekomme man nur im Rheiderland. Die Mutter sagt, sie selbst habe sich mit vierzig Jahren, im Alter der Tochter also, geschworen, niemals so dumm zu werden, auf eine einzige Sache angewiesen zu sein, Beispiel Tee.
In ihrem Zimmer sagt die Mutter, das Ehepaar Becker sei gestern dagewesen, unangemeldet, sonst hätte sie ihnen abgesagt, sie sei nicht in Stimmung, Leute zu sehen. Nur euch seh ich gern, sagt sie und beißt sich die Lippen und bietet den beiden Kekse an, Kekse von Beckers, die ihr selbst im Hals steckenblieben, der olle Husten noch immer.
Der Vater legt sich wieder hin, die Mutter kommt Marie ins Bad nach. Warum der Vater die helle Strickjacke trage, die mache ihn blaß. Die Autofahrt habe ihn wohl sehr angestrengt. Trotzdem sollten sie auf dem Heimweg noch ins Thermalbad fahren, schwimmen gehen, Schwimmen sei wichtig, der Vater müsse sich bewegen, auch wegen seiner Luft. Die Mutter zeigt ihrer Tochter die Narbe, den Deich auf der Brust. Ob es schon besser aussehe? Sie hoffe doch sehr. Nur der Husten. Einmal wieder von Herzen aus husten, aber der Husten von Vater sei auch nicht schön.
Die Tochter klopft Mutters Rücken, an Franzbranntwein denkt sie erst jetzt. Blöde Marie.
Im Auto ringt der Vater nach Luft. Um keinen Preis wolle er heute noch ins Thermalbad, er keucht sehr, aber bei Mamska lasse sich alles, alles in allem, gut an. Er beschwört sie beide, er spricht ihnen beiden Mut zu.

*

Redenbögen. Von Zimmer zu Zimmer. Liegend auf dem Bett, auf dem Sofa, sitzend im Sessel und auf dem Stuhl, über den Tisch gebeugt Redenbögen.

Er habe eine Frage, eine einzige kleine im ganzen unerhebliche Frage. Es sei von den Töchtern fürwahr viel geleistet worden und Mutter, wenn sie nach Hause komme, werde sich freuen, es müsse ihm aber erlaubt sein festzustellen, daß die älteste Tochter ungefragt Frikadellen mitgebracht habe, er dürfe doch sagen, er habe sie nicht bestellt, Eins halte sich für unentbehrlich und sei das Gegenteil davon, er wolle ausreden, Drei solle nicht versuchen, ihm reinzureden, er als Philologe sowie als Vater beobachte sehr genau die Entwicklung seiner vier Töchter, Frikadellen sei nicht das Wort, Reste, das sei das Wort, Eins wolle Reste bei ihm loswerden, sie beleidige damit auch Drei, die zwar Kopfmensch sei, aber trotzdem kochen könne, Drei solle ohne falsche Gewissensbisse die Reste von Eins dahin befördern, wohin sie gehörten, in den Orkus gehörten sie, Eins spiele sich auf, Frikadellen, Mutter dagegen, wenn sie nach Hause komme, sie bereite ganz andere Frikadellen, er werde kein Stück von denen der Ältesten essen, die das auch ganz genau wissen könne nach der Erfahrung beim Umzug, als sie die Pausenbrötchen der Packer mit falschem Käse belegte, aber Eins wolle nicht wissen, kein Mensch wolle wissen, die Menschen wollten vielmehr verdummen, verblöden, siehe die Packer beim Umzug, der Unterschied zu Eins sei unerheblich, jetzt sei er dran, seine Wohnung sei dies, hier dürfe er seine Meinung äußern, ohne von Drei unterbrochen zu werden, hier herrsche Meinungsfreiheit, für ihn und auch für die Mutter, wenn sie nach Hause komme, hier sei man ein freier Mensch mit eigener freier Meinung, ein freier Doktor Phil sei er und in der eigenen Wohnung nicht bei den Nazis, mit diesem Kapitel habe er abgeschlossen, obwohl es ganz unabschließbar sei, obwohl keiner zuhöre, wenn die Alten erklärten, was es in ihrer Jugend war, seine eigene Jugend sei keine Freude gewesen, wobei er noch dankbar sein müsse für seinen Rükken, für die Skoliose, die ihm das Leben gerettet habe, so daß er nicht als Soldat sterben mußte und später die Möglichkeit hatte, Mutter kennenzulernen, die später ihrerseits unter anderem ihr, Zwei, oder Drei, das Leben schenkte, Mutter, wenn sie nach Hause komme, werde ihn bei Leben vorfinden, nach besten Kräften heil, soweit man von heil sprechen könne in seinem Alter, aber die Mutter, wenn sie nach Hause komme, werde sich freuen, ihn vorzufinden in allem Anstand, dann könnten sie endlich zusammen leben und sterben, wie sie es immer gewollt hätten, hier in der neuen, der letzten Wohnung, sein Wunsch sei immer gewesen, vor ihr zu sterben, bei ihr, zu Haus, er würde nicht ungern den Vorreiter machen, wenn einer von ihnen zuerst gehen müsse, allein sein sei nie seine Sache gewesen, und Mutters Sache sei das Alleinsein auch nicht, weshalb er den Schwalbachgedanken entwickelt habe, er erwäge, ob er die restliche Zeit in Schwalbach mit Mutter gemeinsam verbringen solle, dann spare er sich die Fahrten und könne der Mutter Beistand leisten, Drei solle nicht dauernd versuchen, dazwischenzureden, sie verstehe von dieser Angelegenheit nichts, aufs Ganze gesehen sei er zufrieden mit Drei und werde es auch der Mutter sagen, wenn sie nach Hause komme, Drei sei nicht so wie manche Töchter, die wahllos den ersten dahergelaufenen Mann ins Standesamt schleppten, er habe sie immer beobachtet, schärfstens, und sich sein Urteil gebildet, ob Drei ihren Mann nicht anrufen wolle abends, so wie auch er später in Schwalbach bei Mutter anzurufen gedenke, ihr seinen Schwalbachgedanken mitzuteilen beabsichtige, für die letzte Schwalbachzeit Mutter und er beisammen, was Mutter nicht wollen würde, er rede ihr immer zuviel, er wisse schon, daß sie mit dem Husten allein sein wolle, Mutters Husten und Mutters Herz, alles drehe sich nur um die Mutter, alles frage sich nur nach ihr, das müsse er einmal bemerken dürfen, auch er sei ein Mensch, nach dem es zu fragen gelte, er sei nicht nur Schwiegervater, Schwiegervater von Schwiegersöhnen, von denen er manchen, scharf formuliert, die Mentalität von Packern vorwerfen müsse, vorhalten zumindest, das sei das Wort, er wolle großzügig bleiben und niemandem Vorwürfe machen, der Mann von Eins sei wie er sei, aber man müsse feststellen dürfen, Welten lägen zwischen ihnen, hier der Schwiegersohn da Doktor Phil, Frikadellen und Forschung, man sehe es, rieche es, und Mutter, wenn sie nach Hause komme, werde kochen und braten und Leben werde ihr schmecken, er werde sie schalten und walten lassen und nur darauf achten, daß Ruhe herrsche, so werde er zu verhindern wissen, daß Mutter, wenn sie nach Hause komme, von Mentalitäten wie denen von Eins und dem Schwiegersohn an die Wand gedrängt werde, dies hier sei ihre Wohnung, die Wohnung von Frau und Herrn Doktor Phil, nicht die Wohnung von Schwiegersöhnen, ihr, Drei, sei nicht mehr viel vorzuwerfen bezüglich der Ehe, sie habe sich wohl gefangen mit Hilfe des Schwiegersohnes, siehe Mutter, die sich ebenso gefangen habe, die er befreit habe aus der Knechtschaft der Schwiegermutter, ihre Ehe sei eine Befreiung und eine Bindung, beides zugleich, ein gültiges Paradox, die Griechen wieder einmal, von denen Drei, die Kulturmenschtochter, nichts wisse, nicht singen könne und sagen, Mutter hingegen, Mutter, wenn sie nach Hause komme, die sei ein Gesang, die Tochter solle den Arm wegnehmen, man sei nicht im Affenkäfig und müsse sich daher nicht lausen, man sei unter Menschen, Kopf- und Kulturmenschen, die Sprache sei das Gegenteil der Spracharmut, der Sprachverlassenheit, Drei habe das lernen können von ihm, wenn sie ihm, Doktor Phil, je zugehört hätte von Kindheit an, sie, Kopfmensch und Muffkopf, als beides habe er sie längst erkannt, immerhin sei sie heute vielleicht in der Lage, seine Gedanken nachzuvollziehen, auf sprachlichen Reichtum komme es an, Vielfalt sei anzustreben, Vielfalt in jeder Hinsicht, abgesehen von einigen Schwiegersöhnen, die durch Einfalt auffielen, es interessiere ihn nicht, was Packerseelen erlebten, er sei jetzt alt, er habe nicht mehr viel Zeit, ihn interessiere, was Mutter, wenn sie nach Hause komme, erlebe mit ihm und durch ihn und für ihn, kein Wort gegen sie, gegen Drei und die Schwestern, er freue sich, daß er und die Mutter ihnen das Leben schenkten, alle leisteten sie in diesen Wochen nach besten Kräften, abgesehen von falschen Packerbrötchen, abgesehen von den Flaschen ohne Schraubverschluß, abgesehen von Frikadellen und Schwiegersöhnen, er habe sie alle vier gern, ohne daß er dabei erblinde, er sehe recht wohl, was ihr Handel und Wandel wäre, er sehe und schweige, aber, wenn Mutter nach Hause komme, könne er endlich frei reden, sie würden sich aussprechen ohne jeglichen Vorbehalt, da könne die Tochter sicher sein, die Mutter werde zu Kräften kommen und singen wie eh und je, das Lied der Mutter begleite ihn Tag und Nacht, die Mutter halte den Laden zusammen und habe das Heft in der Hand und er beuge sich willig, auch wenn ihr Putzfimmel nicht zu begreifen sei wie so viele andere Fimmel, der Fimmel, Rechnungen zu bezahlen, der Fimmel, mit Nachbarn zu reden, wo sie mit ihm alles reden könne, der Fimmel, ihn in die Stadtbücherei zu schicken, er wolle zu Hause sterben, bei Mutter, wenn sie nach Hause komme, wenn sie ihn übernehmen würde, wenn er ihr nicht zuviel sei, sie habe mit ihm Verantwortung auf den Buckel genommen, beide trügen sie Buckel, die Mutter und er, wirkliche Buckel und geistige, seelische, Finger weg, kein Gepatsche, Drei sol-

le nicht permanent unterbrechen, von Verschwörung wisse man erst im Alter zu reden und Mutter, wenn sie nach Hause komme, wünsche sich, ihren Mann anständig zu sehen, anständig wünsche sie ihn sich in Schwalbach auch, das sei es, was er sie, Drei, die immer so unruhig und eilig sei, schnell habe fragen wollen, eine unerhebliche kleine konkrete Frage, deshalb habe er sie gebeten, Platz zu nehmen bei ihm, statt ständig in Töpfen zu rühren, Drei solle die Strähne hier links abschneiden, das Haar soll nicht einer Mähne gleichen, denn Mutter kenne ihn anders, Mutter kenne ihn anständig, wenn Mutter nach Hause komme, solle sie ihn ohne weiteres wiedererkennen, aber Drei, mit den linken Händen, sei voraussichtlich nicht in der Lage, Leuten die Haare zu schneiden wie Mutter es könne, Mutter, wenn sie nach Hause komme, werde Verständnis haben, immerhin sei die Strähne jetzt weg, mit Hilfe der schnellen tüchtigen Tochter, insofern müsse er anerkennen, die kleinen Besuche der Töchter seien so unwichtig nicht, für ihn selbst, für die Töchter genauso, Drei könne sich hier entspannen nach Herzenslust, habe Ferien, könne rauchen soviel sie wolle, auf dem Balkon stehe ihr Platz frei in Hülle und Fülle, und Mutter, wenn sie nach Hause komme, werde von ihm das Loblied der Töchter hören, abgesehen von falschen Packerbrötchen, abgesehen von den Flaschen ohne Schraubverschluß, abgesehen von falschen Schwiegersöhnen und Frikadellen, wenn Mutter nach Hause komme, werde allen Falschheiten und Frikadellen der Garaus gemacht, dann kämen auch Dreis fortlaufende Störungsversuche, Abwieglungsversuche, ihre Gesprächsabschneidungsversuche kämen endlich ans Ende. Wenn Mutter endlich nach Hause komme.
Vaters Gesang von der Mutter.

*

Marie, im Gästebett nachts, kann nicht schlafen, sie tritt und wälzt sich und tritt und tritt. Sie wäre mal wieder gern endlich zu Hause bei ihrem Mann.

*

Sie ist endlich zu Haus, sie ist froh. Im Garten zeigt sie Rupert ihre Krallen. Trauerränder, erstes Unkrautzupfen, die Finger riechen nach Erde, nach Frühjahr. Eiskalt blühen die Kamelien. Weidenkätzchen, silbern, weich. Wildes Scharbockskraut an allen Wegrändern. Immer noch strenger Wind, das Wasser im Tief ist gekräuselt von Wind. Auf der Straße spritzt der Milchwagen Kleiebrocken, Pfützenwasser, Achtung verschmutzte Fahrbahn, Marie auf ihrem Rad kriegt eine Ladung Dreck ab, als der Milchwagen sie überholt. Alles ist gut zu Haus. Eine verfärbte Waschmaschine. Die Maus ihres Computers rührt sich nicht. Marie steht unter Zeitdruck, sie hat einen Auftrag verschlampt. Rupert ist unleidlich mit seinen Zahnschmerzen. Alles ist gut zu Haus, denn Marie ist endlich zu Haus.
Die Mutter sagt am Telefon: Der Professor in der Reha ist ein feiner Mensch, er hat ihr bei Tisch einen anderen Platz zugewiesen. Den Klinikkoller hat sie noch in abgeschwächter Form, aber sie ruft sich permanent zur Vernunft, nur, wo ist Vernunft zu spüren bei den ungebildeten Heulsusen. Auch mit den neuen Tischnachbarn wird sie nicht warm. Zu Haus erst wird ihr wieder warm, sagt sie. Dann machen sie und der Vater weiter so wie immer, und sie fangen neu an, beides gehört zusammen, sagt die Mutter. Sie sagt, sie freut sich, wenn sie jetzt endlich nach Haus kommt.

*

Die Mutter kommt nach Haus. April April, helle Sonne am Tag der Rückkehr von Mutter, Vier holt sie ab. In der Wohnung bebt der Vater. Eins hat in Absprache mit der Mutter

dafür gesorgt, daß größere Einkäufe künftig vom Händler gebracht werden. Aufzug hin, Aufzug her, die Mutter soll nicht tragen. In der Vorratskammer stapeln sich bewährte Klößepackungen und alle andern Lieblingslebensmittel. Flaschen mit Schraubverschluß, frisches Obst und Gemüse auf dem Balkon. Die Besenecke im Flur ist noch fertig geworden, Maßarbeit von Herrn Becker und Zwei. Der Vater, daneben stehend, erklärte, wie er sie bauen würde, und hielt sich gegen das schweigende Hämmern die Ohren zu. Zwei hat, bevor sie wieder nach Hamburg mußte, für frische Osterglocken gesorgt, und sie hat in den Blumenkasten auf dem Balkon Mutters Himmelsschlüssel gepflanzt. Den Wein mit dem unvernünftigen Korkverschluß hat Tante Gilgi, die Schlange, gebracht. Lisinka putzt noch vormittags die Wohnung gegen Vaters Protest, bis es blitzt. Sie läßt auch einen Kuchen da. Der Vater hat die anständige rote Jacke angezogen.
Am Abend von Mutters Heimkehr sind Eins und Vier bei den Eltern. Die Älteste bügelt die Wäsche, wie immer. Abends ist es jetzt schon deutlich länger hell. Vom Balkon aus hört man die Rheindampfer tuten.
Sie haben alles, sagen die Eltern. Blödsinn, Diakonie. Sie brauchen keine weitere Hilfe. Nun sollten die Töchter mal gehn und ihren Feierabend genießen. Vom Balkon aus winken die Eltern den Töchtern nach. Dann stehen sie Hand in Hand.

*

April April. Auf der Weide, die Marie zu Haus im Rheiderland von ihrem Schreibtisch aus im Auge hat, stehen zwei erste schwarzweiße Kühe, Probekühe, sie wittern mit hocherhobenen Hälsen und Köpfen, blähen die Nüstern, sie werfen sich selbst in die Luft mit allen vier Beinen, zweimal zwei Tonnen Kuh in der Luft, Freudentonnen, das ist der Frühling

im Rheiderland. Ferkel noch keine zu sehen. Noch halten die Prinzessinnen sich dieser Tage in den Ställen auf.
Der örtliche Wetterbericht orakelt mehrdeutig poetisch: Es wird trocken und wärmer, dabei kühler, mit häufig länger anhaltenden kurzen reichen Regenfällen.
Ärger in der Nachbarschaft. Der alte Meinhard fährt im großen BMW den kleinen Feldweg an eins seiner Grundstücke, das an den Garten von Marie und Rupert reicht. Er spritzt Gift gegen Giersch, hört dazu aus dem offenstehenden Auto Heimatlieder auf NDR 1. Später schreit er gemütlich mit Fokko über den Fußball, über das Wetter. Meinhards Unkraut ringelt sich bald gelb und stirbt ab, aber Marie und Rupert schimpfen, auch der Rhabarber in ihrem Garten sieht gelb aus. Daß sie kaum Rhabarber essen, ist ihnen egal, es geht ums Prinzip, wettern sie. Schließlich ist ihnen die Nachbarschaft aber wichtig, also reden sie Meinhard im guten zu, dann machen wir das mal so, schreit er freundlich zurück, und ganz genauso läuft es auch.
April April, die Mutter ist am Telefon mit harter Hustenstimme, ihr Hals wird nicht besser von neun verschiedenen Antibiotika nacheinander, sie kann nur davon träumen, daß Quark wieder schmeckt wie Quark, sagt sie. Alles Pelz und Pillen. Wenn das Telefon geht und man hofft auf eins der Kinder, ist es mit Sicherheit Tante Gilgi, die sich einladen will, um Schwierigkeiten zu besichtigen. Die glaubt wohl, wir wären ein Zoo. Vater plagt sich mit einem Hexenschuß, er hat viel Schmerzen. Er will dich sprechen. Das wird er dir selbst sagen.
Vaters Stimme durch den Hörer. Deine Mutter hat etwas gestanden. Das wird sie dir selbst sagen. Du, du, sagt er, ts ts, er ringt nach Luft, er keucht, Umarmungen, die Mutter übernimmt den Hörer.

Sie hat beim Aufräumen in ihren Schreibtischschubladen die Zettelwirtschaft der Töchter hinter Vaters Rücken gefunden. Sie hat dem Vater alles brühwarm vorgelesen.
Am Telefon schnauzen die Schwestern untereinander sich an, blöde Kuh. Wie konnten wir die geheimen Nachrichten vergessen. Verschwörungen zwischen Müttern und Töchtern, April April.
Der Präsident der USA dagegen will Immunität für seine Bürger. Keiner soll ausgeliefert werden können an den Internationalen Strafgerichtshof. Marie liest Artikel darüber am Bildschirm, sie regt sich auf. Der Vater würde es mit Ruhe nehmen. Recht gilt nur unter Gleichen, würde er dozieren und an die Demokratie der Athener erinnern. Nie ist Doktor Phil verlegen um Erklärungen. In Israel sterben jeden Tag Leute bei gegenseitigen Anschlägen. Sharons Versprechen hieß Sicherheit, der Frieden steht auf einem anderen Blatt. Und in den Niederlanden gibt es ein neues Gesetz, nach dem aktive Sterbehilfe weiterhin strafbar ist, aber nicht kriminalisiert wird, das Hilfsgesuch muß wohlüberlegt sein, heißt es. Eisenschultern am Computer vor dem Bildschirm. Marie vergißt mehr, als sie lesen kann.
In Ditzumerverlaat wird Onkel Harm beerdigt, Fokkos Onkel Harm Didden, auch Marie und Rupert gehen zur Beerdigung, so gehört es sich. Der Maurer Fokko, in dessen Elternhaus sie wohnen, ist ihr Nachbar, sonntags trinken sie zusammen Tee, oft waren Onkel Harm und Tante Ilse mit dabei, jetzt also die Beerdigung. Vorn im Kirchenschiff der Sarg. Die Bänke sind voll besetzt. Tante Ilse, winzige zweiundneunzig Jahre alt, ist schwarz verschleiert. Eine Zugezogene aus Oldenburg mit königlichem Auftreten seit jeher, was Besseres von draußen. Das ist ihr Stand. Zwei mittelalte große runde Angehörige stützen sie durch die ganze Kirche

bis in die erste Reihe. Sie scheinen das Federgewicht Tante Ilse zu tragen. Tante Ilse lächelt in sich hinein, wo alles voll Medizin ist. Sie versteht nicht, daß ihr Mann gestorben ist. Verstehen kann sie schon lange nicht mehr. Sie lebt schon so lange allein in sich in der Medizin. So wirkt es auf alle, die mit ihr zu tun haben. Tagsüber ist Tante Ilse ein regloser kleiner und feiner Hautsack, in dem klingeln die Knöchlein Klingklang. Sie begleitet die Knöchlein mit leisem Singen. Tante Ilse ist eine Maus in den Nächten, klettert aus dem Gitterbett, schleicht am Mann vorbei und stöbert in Schränken und Schubladen, bis morgens die Pflegerin von der Diakonie zum Waschen der beiden kommt, dann läuft Tante Ilse piepsend unter den Schrank und putzt atemlos ihren Schnurrbart.

Jetzt ist ihr Mann gestorben, jetzt wird sie in das neue Altenpflegeheim nach Pogum kommen, das ist längst abgesprochen unter den Angehörigen, ein Platz ist längst frei geworden. Fokkos Tochter Rita will in Tante Ilses Haus einziehen. Harm Didden ist gestorben, Ilse Didden hilft nichts, sie muß in der ersten Reihe im Kirchenhaus sitzen, so, wie es sich gehört.

Die Orgel drückt und schiebt die Gefühle der Leute zusammen, so lang, bis jeder einzelne seinen Kloß in der Kehle hat. Die Orgel drückt und schiebt und wälzt Töne weiter, bis jeder aus der Gemeinde an seinem Kloß schluckt.

Der Kloß im Hals. Onkel Harm war eben ein Nachbar, dann muß man zur Beerdigung, und so sitzt Marie eben unter den Nachbarn, so gehört es sich hier. Allerhand Leute gehen im Schatten, die anderen leben noch eine Weile, dann geht auch das vorbei. Hier sitzen lauter dunkle Klöße reglos in den Bänken. Alles schwarze Vögel in der kahlen weißen Kirche, die lebendigen Leute umhüpfen nickend die toten Leute und denken an sie und sich selbst, sie denken etwa an alte Eltern im Rheinland, an die Wäsche draußen im Regen, sie denken an die nächste Zigarette, und unser Bruder Harm Didden und Erde zu Erde und Vater unser und Amen und Ende. April April, von wegen Ende, das Lämpchen glüht, blüht! Die Nachbarin Marga, siebzig, sitzt bei Marie in der Küche und erzählt von Frau zu Frau. Ihr neuer Bekannter aus Hildesheim ist achtzig Jahre alt, wie Maries Vater. Margas lieber Mann liegt schon lange unter der Erde, jetzt hat sich der Hildesheimer ergeben, er war bei der Behörde Wächter, im Wasserturm, schöne Stelle, ein schönes Paar, er ist ein Bekannter, mehr nicht. Im Dorf muß man vorsichtig sein. Der Wassermann ist ein feiner Mann, ihr turmhoch überlegen, was der morgens lange braucht! Bald fünf Stunden Zeit braucht der! Erst wacht er auf und macht Augengymnastik. So Augenrollen. Dann kommt das ganze Gesicht mit den einzelnen Muskeln, er zuckt sie nacheinander einzeln durch. Dann Bettgymnastik. Jede Zehe dreht er einzeln um. Und raus aus dem Bett in die Liegestütze, die türmt er übereinander auf. Bis wieder eine Stunde um ist. Frottieren, bis die Haut kribbelt, und fix unter die Dusche, Ströme von Wasser, erst warm und danach Wechselgüsse, heiß und Eis, es regt den Kreislauf an. Marga hört den Wassermann laut zählen, bis acht oder achtzig oder achthundert, da ist er nicht immer genau. Nach den Wassermassen kommt das Einölen, es wirkt gegen die Eintrocknung, er muß es einwirken lassen, das Öl, und zwischendrin reißt er das Bett auseinander, hängt Bettlaken und Kopfkissen und Federbetten aus dem Fenster. Wenn das geschafft ist, kommt die Fingernagelpflege. Er streicht die Haut an den Möndchen ordentlich zurück, bevor er sich an seine Kopfmassage macht. Fürs Haarwachstum. Bei der Zahnpflege gurgelt er sechsmal mit drei verschiedenen Lösungen. Bis dahin ist dann schon Mittag. Er nennt das Katzenwäsche. Marga geht vormittags allein einkaufen, vormittags ist er nicht mit von der Partie. Gesundheit fällt nicht vom Himmel, das sieht sie ein. Den wirft nichts um, der steht fest in der Erde. Viele knicken im Alter ein und verkommen. Es sind die Willenskräfte, fit bleiben, sauber bleiben, gerade im Alter, manche werden wunderlich, sagt Marga, aber der Wassermann bringt zur Begrüßung Blumen, und er verbeugt sich zum Abschied vor ihr. In seiner ganzen vor ihr aufragenden Größe lüftet er den Hut, Marie sieht es vor sich. Der Mann vom Wasserturm zieht den Hut, verbeugt sich, er neigt sich, nicht Wolken sind es, die brechen, kein König wird ausgeregnet, es ist ein Turm, der sich neigt, ein Turm ergießt all sein Wasser über Marie und Marga, es reißt die beiden mit sich, wer denn jemals konnte damit rechnen, wieviel Wasser ein Turm ansammelt, Wasserfluten, ein Schwall ohne Ende strömt aus dem geneigten Turm, der Schwall ist schon zum reißenden Strom hier in der flachen Landschaft geworden, in der Flut treiben Marie und Marga wie Äste, in der Strömung, im Wasser, es dreht sie, wirbelt sie, überspült sie, sie reißen die Arme hoch, spuckend, schreiend, sie winken, versuchen zu winken, vom Turm aus müßte man sie noch sehen können, ihnen selbst vergeht Hören und Sehen vor lauter Wasser, das strömt und strömt aus dem gebeugten Turm, der sich zuletzt von ferne zeigt. Blumen treiben im schnell dahinrauschenden Fluß, wie anderes auch, Moosstücke, Äste, Planken, verendetes Getier, Abfall. Immer bringt er Blumen, sagt Marga, so ist er auch, am Ende seiner Tage muß man es sich schönmachen, sagt sie, es ist kein Leben als alter Mensch, da helfen nur Fitneß und Blumen. Sie selbst steht immer noch Modell, weiß Marie das nicht? Sie darf es nicht wissen, kein Wort im Dorf, versprochen? Versprochen, sagt Marie, und Marga beugt sich mit glitzernden Augen vor. Der reine blanke Zufall. Jahrelang her. Da ist sie mit ihrer Tochter in diesem Modegeschäft in Esens, sie sehen sich um, die Tochter sagt, laß uns gehen, weil der Besitzer so aussieht, so tut, als wollten sie lange Finger machen, die Tochter war immer ein Angsthase, hiergeblieben, hat Marga zu ihr gesagt, und was ist? Der Besitzer hat ein Attentat auf sie vor, nicht auf die Tochter, Marga winkt ab, an der ist nichts dran, nur Hängebusen und ein Hintern wie ein Brauereipferd, nein, auf sie selbst, sagt Marga. Ob sie selbst als Modell für den Laden arbeiten will. Die brauchen auch für die älteren Damen jemand. Da sitzt schönes Geld. Das ist aber Arbeit. Die Fahrtkosten zahlt die Firma und dann noch dreihundert pro Abend. Marga steht in Papenburg, Aurich, einmal sogar in Braunschweig, zuerst der Friseur, und dann gehts zum Schminken, bis man sich selbst nicht wiedererkennt, und ruck, zuck die Kleider, Brillen, Hüte, der Laufsteg, Schirme, Schuhe, die Kunden merken sich das Modell Marit, so klingt das schon besser. Siebzig! Und sie geht immer noch locker für sechzig durch! Niemals würde sie hier Modell stehen, wo man sie kennt, da geniert sie sich. Ihr Ruf ist sowieso schon, na. Immer ist im Dorf einer das schwarze Schaf. Sie selbst hat mit dem Wassermann jetzt wieder gute Karten. Leider gibt es im Dorf viel Neid. Kann sie dafür, daß sie nicht traurig vor sich hinschrumpelt? Gegen das Alter hilft nur der Aufstand. Die erste Vorführung, sagt Marga. Musik war dabei. Ich habe mich gefühlt wie süße siebzehn. Auf der Bühne haben sich langsam vier riesige grüne Blüten geöffnet, und ich bin in turmhohen blutroten Pumps aus einer der Blüten raus auf den Steg gestiegen.

*

Im süßen Mai verliert der Vater den Verstand. So sagt man. Aber hat man den Verstand vorher besessen? Läuft er einem zu wie ein Hund ohne Herr und wird in einem heimisch?

Gewinnt man ihn mit Mühe und Arbeit? Oder wie einen unverhofften Schatz, als Gengeschenk? Und wenn man den Verstand verliert, wo ist er dann, liegt er am Wegrand wie ein vergessener Lappen? Flieht der Verstand wie ein Hund mit eingekniffenem Schwanz bei Gefahr? Zum Vater hat sein Verstand gehört. Manchmal war es ein seltsamer Verstand, den andere nicht verstehen konnten.
Im süßen lieben Mai verliert der Vater was. Etwas entgleitet ihm. Er packt danach, und dann ist es weg, und dann ist es wieder da. Es gehorcht seinem Willen nicht.
Die Eltern sind allein zu Haus.
Der Vater sagt, die Bäume draußen, was ist da los. Wir hatten immer Blutbuchen. Wie können sie meine Blutbuchen abholzen. Wir sind nicht mehr im Frankenring in Krefeld, sagt die Mutter. Wir sind doch 56 ausgezogen. Weißt du nicht mehr die vielen Umzüge? Sieh doch die schönen Pappeln. Blutbuchen, korrigiert der Vater, sie müssen krank sein, sie stehen nicht schön in Rot.
Die Eltern sind allein zu Haus.
Der Vater hackt beim Mittagessen mit der Gabel auf den Teller, bis er die Frikadelle erwischt hat. Er fegt sie in hohem Bogen davon, auf den Teppich. Ist Eins immer noch da? Was will sie mit den bösen Frikadellen? Weg mit dem Gift, ich esse kein Gift. Die Mutter sagt, Papilio. Wie kannst du von unserm Kind so denken.
Die Mutter sagt, sie selbst hat die Frikadellen gemacht. Ist sie sich dessen gewiß, fragt er dringlich. Aber ja. Aber mein Lieber, ja.
Keiner soll kommen, ruft der Vater, sie wollen mich binden und fesseln mit Stricken in tückischer falscher Rede.
Keiner kommt, nur Lisinka, sagt ihm die Mutter, sind wir bei ihr nicht in guten Händen, ist sie nicht fast unser Kind?

Europa erweitert sich mit Lisinka, sagt er, der eiserne Vorhang ist hochgezogen.
O blumer Tag, o Ende Form. Sibeti exaudi buff, der Vater, singend erst, dann sehr entschieden.
Die Mutter faßt sich, sie faßt sich schnell, streicht Vaters weißes Haar, fragt ihn, was denkst du noch? Aber die Stimme des Vaters verliert sich ins Murmeln. Sibeti. Andra moi ennepe Mūsa. Kokolores mea culpa buff so far das Blau. Pollon, Pollon.
Panikanfälle. Keiner soll kommen. Mamska Mamska sie wollen mich holen Mama!
Die Mutter nimmt ihren Mann in die Arme.
Sie wimmelt jeden ab, der sie besuchen will, auch ihre Töchter. Sie sagt, der Vater und sie brauchten Ruhe, sie wollten ihren Trott finden. Alles in Ordnung.
Aber was schlimm ist, kann noch schlimmer werden.
Wie viele Steigerungen gibt es.
An einem schlimmsten Tag füllt der Vater die Wohnung mit einem Satz, den er anfängt und aufsagt bis an sein Ende, und dann fängt der Vater den Satz von vorn wieder an. Er hat Gewißheit gewonnen über sein ganzes Leben, er klagt sich selbst an, er sagt den Satz. Die Schuld indessen ist erwiesen. Dieser Satz des Vaters ringelt sich durch die ganze Wohnung, und wo auch die Mutter hingeht und was sie auch anfaßt, der Satz ist schon da.
An einem anderen schlimmsten Tag kämpft der Vater in Mutters Armen mit aller Kraft. An diesem Tag verwechselt er auch sie. Sie hält ihn fest mit aller Kraft, während er mit ihr ringt. Mamska fliegt auf der Rakete, zu den Heerscharen, ihr nach, schreit der Vater die Mutter an, so lassen Sie mich doch, schreit er, packt sie mit hartem Greisengriff, sie wegzuschieben und selbst fortzustürzen. Ich bin es, sagt die Mutter, ich bin hier.

Später, als der Vater schläft, steht sie in der Küche und horcht.
Über die Rheinbrücke draußen donnert die Welt.
Was schlimm ist, kann noch schlimmer werden.
An einem anderen schlimmsten Tag verweigert der Vater Wasser, Wein, Tee, Saft. Gegessen hat er schon länger nicht. Mit trockenem Mund sagt der Vater ein Wort, und das heißt versagt.
Am nächsten schlimmsten Tag trinkt er wieder nichts.

*

Die Mutter läßt den Hausarzt und ihre älteste Tochter ein. Sie unterbricht die Verschwörung. Der Vater sei verwirrt. Er rede manchmal in Zungen, manchmal sage er nur ein Wort. Er esse nicht, jetzt verweigere er den dritten Tag auch das Trinken.
Wo käme man hin?
Der Arzt versucht es, sehr freundlich, er redet den Vater mit seinem Titel an, er spricht von der Gefahr des Austrocknens wie auch von der, sich aufzugeben. Der Vater wendet sich ab. Er sitzt mit dem Gesicht zur weißen Wand gebeugt und reibt seine weißen Finger, und das ist alles.
Jutta und der Arzt drängen die Mutter, die Psychiaterin Frau Doktor Spier zu rufen, ihr Ruf ist gut.
Frau Doktor Spier kommt, geht ins Schlafzimmer, da liegt der Vater angezogen auf dem Bett. Im Wohnzimmer warten die Mutter und die Tochter. An Vaters Tür zu lauschen würde nichts bringen, es ist still im Schlafzimmer. Nichts Verstehbares zu hören.
Als Frau Spier später mit Jutta und der Mutter zusammensitzt, hat der Vater mit ihrer Hilfe zwei neue Medikamente geschluckt, mit einem Becher Wasser und noch einem halben und dann noch zwei Schlucken.
Irgend etwas ist gesprochen worden. Was, das wissen nur der

Vater und die Ärztin. Jedenfalls ist gesprochen worden. Im Schlafzimmer sind Wörter gefallen, Wörter sind in den Vater gefallen, und aus ihm sind Wörter gefallen. Später hat er die Medikamente genommen und Wasser getrunken, Wasser getrunken.

*

Schwere Altersdepression, Wahnvorstellungen, Suizidgefahr. Medizinisches Vokabular, mit dem man sich Bedrohliches vom Leib hält, sagt Frau Doktor Spier. Wirklich müßte man von Verzweiflung sprechen. Altern heißt, Abschied zu nehmen von Möglichkeiten. Das sagt man lieber nicht. Ins Ausweglose gehen, das sagt auch keiner. Im hohen Alter kann einer sich wertlos fühlen. Hierzuland sind die wirklich Alten nicht die verehrten Einzelnen, die man um Rat fragt, aber, sagt Frau Doktor Spier, sie selbst stellt sich das Leben als Greisin in primitiven Gesellschaften auch nicht schnucklig vor. Im Eis allein auf Wölfe warten oder so. Zurück zu Doktor Phil und Leuten in seiner Lage. Sie können sich im Alter wertlos fühlen, schuldig. Sie rechnen mit dem Leben ab und finden nichts, was gut ist. Das Warten auf den Tod scheint der letzte Grund des Lebens zu sein. Aber wie wartet man, wie gestaltet man dieses Warten? Vereisung des Gemüts. So könnte man Depression umschreiben. Es ist eine Verhaltensweise, eine Haltung, es ist eine Form, mit Schmerz umzugehen. Auch Wahnvorstellungen sind eine Form des Handelns. Sie erfüllen eine Aufgabe. Sie deuten um, machen aus Unsinn Sinn. Der Wunsch zu sterben wird von der eigenen Person nach außen verlegt, in die Behauptung, andere wollten einen umbringen. Man nennt es einen abgewehrten Sterbenswunsch. Und immer kann sich alles wieder drehen. So daß man dem fremden Tod zuvorkommen will durch Selbstmord, so daß man Essen und Trinken verweigert. Verdursten ist kein Vergnügen. Frau

Doktor Spier sagt, aber. Aber sie findet, Doktor Phil ist nicht im reinen mit sich, ist ganz und gar nicht fertig. Er wirkt traurig, wütend, sehnsüchtig, verstockt, ratlos, er wirkt wie alles mögliche. So ist er zuviel zum Sterben. Also geht es ums Leben. Frau Spier gibt zu, sie ist mit der Pharmaindustrie nicht befreundet. Verschreibungen können Verschwörungen nicht ersetzen. Vielleicht hat Ihr Mann nicht verstanden, daß Ihre Verschwörung weitergeht. Das wird er verstehen. Zur Unterstützung verschreibt sie Tabletten und Tropfen. Es stellt sich die Frage nach der Dosierung, die Frage nach der Balance. Die Medizin nimmt den Krampf, nimmt die Angst, sie vernebelt nicht, sie macht aber müde, sie bewirkt auch Störungen des Gleichgewichts, geben Sie eher weniger als zuviel, das Wichtige jetzt ist Ihre Verschwörung. Solang Sie selbst das können, sagt Frau Doktor Spier zur Mutter. Vergessen Sie sich nicht selbst. Denken Sie dran, es gibt Hilfen. Töchter, Caritas, Diakonie, Nachbarn, Freunde, es ist kein Verrat, wenn Sie sich Hilfe besorgen, hier die Liste von Institutionen, hier ihre eigene Handynummer für Tag und Nacht, das Ehepaar soll leben, darum geht es jetzt. Jetzt sollen Sie beide leben.
Was schlimm ist, kann auch besser werden.
Die Verschwörung hilft, die Verschreibung hilft. Der Vater ißt, trinkt, redet, er wedelt mit beiden Händen einladend in die Richtung der Mutter.
Mama, sagt er, meine Mamska.
Mein Papilio, sagt sie.

*

Die Eltern wursteln vor sich hin. Manchmal lassen sie Besuch zu, Tante Gilgi wimmeln sie ab. Marie meldet sich an für Juni, sie kennt den Elternmai nur vom Hörensagen. Es scheint den Eltern besserzugehen, der Vater rede wieder, sagt sie zu ihrem Mann, zu Nachbarn, auch zu einem befreundeten Internisten in Hamburg. Wenn es ihr zu öde wird im Rheiderland, 2 Meter 50 unterm Meeresspiegel, wenn es ihr reicht, nur auf begrüntem Schlamm zu gehen, weicht Marie nach Hamburg aus für Tage und Wochen. Sie trifft den Freund in Altona, zusammen schlönzen sie am Elbufer entlang, wie es bei ihren Eltern geht? Marie erzählt. Es kann auch besser werden, sagt sie.

So, sagt der Freund, der Internist, und sieht knallwütend aus und traurig. So kennt er Angehörige, als Taube und Blinde, als Fühllose, Anästhesierte, als eine Bande von Vogel Straußen. Angehörige wollen immer die einfache Lösung für die Patienten, Besserung oder Himmelreich oder gleich beides, übereinandergestapelt. Zwischen Besserung und Himmelreich ist anderes denkbar. Auch bei Maries Vater. Inkontinenz, schon mal gehört? Demenz. Oder Schlaganfall und Hirnausfall und jahrelang Bettlägrigkeit plus Dekubitus, faustgroß, nie gesehn, nie gerochen? Doch. Als Marie in den Semesterferien im Altenheim jobbte. Ja. Nein, schäumt der Freund, im Zweifelsfall himmeln die Angehörigen immer nur rosa, wie wärs mit Atemstillstand bei Nacht und Notarzt und unvermeidliche Einweisung ins gefürchtete böse Krankenhaus, zu den immer nur schlechten Helfern in schlechtestem Weiß, und Intensivmedizin mit allem technischen Juchei, wie wäre das? Habt ihr euch untereinander abgesprochen für den Fall der Fälle? Gibt es vom Vater Äußerungen? Wißt ihr Bescheid über den kleinen Unterschied zwischen der Magensonde und der Nasensonde? Wer von euch sagt im Zweifelsfall dem behandelnden Arzt Bescheid, wer von euch ist überhaupt verläßlich da? Percutane Endoskopische Gastrostomie, PEG, mal gehört? Die neue Magensonde arbeitet keimfrei und komplikationslos, da flutschen keine barmherzigen Bakterien in den Körper wie bei der Nasensonde,

da gibts keine gnädigen Komplikationen und Lungenentzündung und Amen und Ende, Glückwunsch zur Besserung, man muß nicht gleich an das Schlimmste denken, so wollt ihr das immer gern. Zusammenbruch der Mutter, das wäre auch ein Gedanke. Erwarten die Geschwister, ihre Mutter hält die Strapazen durch? Haben die Schwestern sich überlegt, einen Platz für den Vater im Pflegeheim zu beantragen? Kennen sie die Wartezeiten? Warum weigert sich die Mutter, über Hilfen nachzudenken, etwa von seiten der Diakonie? Wer bespricht diese Dinge mit der Mutter? Verlassen sich die Schwestern auf die Nachrichten, die von den Eltern kommen, von denen die Eltern denken, sie seien anderen zumutbar? Haben die Schwestern daran gedacht, selbständig Informationen einzuholen bei den behandelnden Ärzten, hinterrücks an den Eltern vorbei? Diskutieren die Geschwister verschiedene Möglichkeiten, den Eltern zu helfen? Klagen sie nur, oder klären sie auch? Wer hat das Heft in der Hand? Wer übernimmt Verantwortung?
Marie zuckt die Schultern. Tja, sagt der strenge Freund.

*

Wind treibt zu Hause Regen übers Land in diesen Tagen, dann Wärme, dann drückende Hitze, Juni, die Bauern sind eilig mit der Silage beschäftigt. Einer noch, ein Sonderling, wendet sein Heu, fährt es ein, auch eilig, auf hochbeladenem Wagen. Sie alle sind noch nicht ganz fertig, da zieht an einem Abend Gewitter auf, erste schwere Tropfen fallen, in der Stalltür stehen Marie und Rupert. Ohr an Ohr rennen die Ferkel in ihr strohgedecktes Hüttchen auf der Weide. Gewittermusik, Ouvertüre, das Konzert geht los. Rupert dirigiert den Regen, den Donner, den Blitz, auch dem Vater würde so ein Gewitter gefallen, verdächtiger Konjunktiv. Wahrscheinlich liegt der Vater bei sich zu Haus auf dem Sofa und redet,

Frikadellen oder Feuerbach. Und hier ist Gewitter und hier ist Marie, die Blitze zählt und jetzt und hier, hier dann auch die Erbsenernte, zusammen mit dem Nachbarn Fokko, seiner Frau Janette und Rita. Sie stehen in Gummistiefeln im nassen warmen Kleiboden, die Erbsenstauden quietschen, aufgeschreckte Spinnen hasten fort. Und noch ein Eimer. Nach zwei Stunden Ernten und drei Stunden Puhlen ist die Welt erbsengrün. Danach sitzt Marie vor dem grauen Bildschirm, speichert die letzten Seiten des neuen Arbeitsprojekts auf Disketten, es wird dauern, bis sie sich wieder daranmachen kann. Sie packt ihren Koffer. Ein Reiseziel sind die Eltern. Besser, sie erst auf der Rückreise zu besuchen, damit es was zu erzählen gibt. Damit sie ihrem Vater Fenster in die Welt öffnet. Der fensterlose Turm ruft befrei mich befrei mich. Marie würde ganz gern zu Haus bleiben, am Tisch und im Garten. Die ohnehin wacklige Hierarchie ihres Lebens schwankt noch mehr als sonst, seit Monaten schon. Sie zuckt die Schultern, legt die Reiseroute fest.

*

Der Interregio Höllental von Seebrugg nach Norddeich-Mole ist kaum besetzt. Marie, zugestiegen in Freiburg, hat sich ausgebreitet mit ihren Sachen. Sie ist ein Körper im Abteil, der besteht so wie jeder aus Teilen. In den Beinen staut sich das Blut in den schlechten Venen. Der Kopf nimmt aus Zeitungslektüre zur Kenntnis, es mehren sich in Israel die Leute, die sich der Armee entziehen, sie verweigern nicht, sie weichen aus. Ein Teil von Marie läuft in Siebenmeilenstiefeln am Zug vorbei, vorwärts, voraus, springt über die Weinberge zu beiden Seiten des Rheins, sieht schon die Ebene Nordwestdeutschland sich nähern. Das Herz klopft im Hals, es fragt sich, was es mit dem Vater zu besprechen gibt, Zeit läuft. Die Augen bleiben störrisch bei der Zeitung, Stammzellen-

forschung in den USA, und ob künftig das Recht auf Leben zur Disposition steht. Spätnachmittags das Umsteigen in Koblenz. Die Regionalbahn Richtung Köln fährt an, hält auf freier Strecke, fährt wieder an.
Rheinstraße, spätnachmittags. Der Vater liegt mit geschlossenen Augen auf dem Bett im Schlafzimmer, Marie hält sich in sicherer Entfernung in einem Sessel.
Wasch dir die Eisenbahn von den Händen, das war immer der erste Satz. Er fehlt.
Marie hat die Hände gewaschen, hat sich zu ihm runtergebeugt, sein Gesicht mit ihrem gestreift, die drei Küsse vermeiden beide.
Ich mußte mir erst die Eisenbahn von den Händen waschen, hat sie ihm gesagt. Vor einer Woche ab Leer/Ostfriesland, beim Sender in Köln, dann beim Patenkind, von dort aus weiter nach Basel zur Lesung, heute 10.28 ab Basel hierher, Umsteigen in Freiburg und Koblenz, meldet Marie. Aber der Vater hat seine übliche Frage gar nicht gestellt.
Er öffnet ein Auge und blinzelt ihr zu. Da bist du ja, sagt er. Jetzt wasch dir erst mal die Eisenbahn von den Händen.
Die Tochter raucht. Als sie zurückkommt, hat er sich aufgesetzt. Die wichtigste Frage, sagt er, was macht dein Mann? Ist schön, klug, gut, gesund und arbeitet. Dann ist es gut. Was machen die Prinzessinnen? Sie schreiten dahin zwischen Gräsern und Blumen, kühn jagen sie nach den Kälbern. Dann ist es gut. Hilf deiner Mutter beim Kochen. Zuallererst solltest du dir die Eisenbahn von den Händen waschen, dann hilfst du Mamska beim Mittagessen.
Die Mittagszeit ist längst vorbei.

*

Mit der Mutter spazierengehen am Rhein entlang, durch den Schloßpark. Wellen klatschen ans Ufer, Kiesel rollen vor und zurück, auf dem Fluß fährt das Schiff Carmen Silva vorbei. Nach dem Sozialen Jahr in Altenheim und Krankenhaus, in der kurzen Zeit vor dem Studium hat Marie auf der Carmen Silva gekellnert. Singendes Wallfahrtsvolk und peinsam unterm weißen Schürzchen schwer das schwarze Portemonnaie und Eindecken und Kopfrechnen und Kegelvereine auf Weinprobentour und Bier- und Kotzpfützen und Kaffeefahrten, Marie hätte sich auch mit Querflötenunterricht oder Nachhilfe etwas verdienen können, wie als Schülerin. Den Eltern waren ihre Seitenwechsel ins Kellnern, ins Hinternputzen von Alten und Kranken suspekt. Sie sollte sich lieber bilden, etwas für den Kopf tun. Ihre Seitenwechsel wurden hingenommen unter der Überschrift Lebenserfahrung. Die Mutter sieht auf die Carmen Silva und seufzt, du mußtest es dir immer schwermachen.

Wie geht es mit dem Vater, fragt die Tochter schnell.

Mal ist er so und mal so.

Er sorgt sich um den Puls, zählt ständig, und wenn es der Puls nicht ist, ist es der Darm, er schluckt Abführmittel, als wollte er den Leibhaftigen exorzieren, das Gift muß aus dem Körper, sagt er. Hauptsache, er geht ein paar Schritte. Auch mal an die Luft. Die vielen Treppen sind keine Ausrede mehr, wir gehen dann über die Straße. Wir sitzen in der Rheinanlage an der frischen Luft, wo auch die armen Penner sind, sie grüßen immer freundlich, mit seiner Luft ist es oft nicht gut. Neulich waren wir beim Zahnarzt, weil seine Prothese drückte, sagt die Mutter, er hatte einen schlechten Tag, und dabei haben wir bei der Gelegenheit sogar das Auto schön getankt, sagt sie. Er sitzt wie immer vor seiner Frankfurter Zeitung, du hast ihn ja gesehen. Ob er liest? Unklar. Manchmal singt er, er singt mich an, seine Stimme war früher besser, aber kein Wort, sagt die Mutter zur Tochter.

Ein Tyrann ist er schon lang nicht mehr, eigentlich war er immer vielmehr ein Tynarr, zitiert die Mutter den Vater, mehr närrisch als herrisch, friedfertig wie das weißeste wolligste Lamm. Aber was deine Schwester angeht, da hat er schon recht. Eins hat neulich tatsächlich zugeben müssen, das Wort Alkoven nicht zu kennen. Verbrecherin, sagt Drei, sie hat sich von den Werten des Elternhauses entfernt, sagt die Mutter, Kopf ab, sagt Drei, die Mutter erklärt, natürlich bleibt Eins unsere Tochter.

Wer den Vater nach der Geschichte des Wortes Alkoven fragt, bekommt eine durchdachte Antwort. Wie er auflebt, wenn Zwei ihn aus Hamburg anruft und ihn bittet, ihr noch einmal die Anfänge der Französischen Revolution zu erklären, der Schinken im Kino hat zuviel offengelassen. Da humpelt der erfreute Vater gleich an seinen Bücherschrank und sucht Material, den historischen Atlas, ein Französischlexikon, die Biographie Robespierres, und wenn Zwei das nächste Mal kommt, erklärt er ihr fundiert, wie es von Adam an bis zur Revolution in Frankreich kam. Sein Verstand ist da, sagt die Mutter. Dann ist er wieder nicht da. Konkrete Kleinigkeiten. Letzte Woche wollte der Vater zur Schule, zum Unterricht gehen, die Schüler warteten, außerdem Hofaufsicht, er hat nicht begriffen, daß er seit reichlich fünfzehn Jahren pensioniert ist. Die Mutter sagte zum Vater, sie würde ihm eine Entschuldigung schreiben. Damit war er zufrieden.

Zweimal ist der Vater umgefallen. Nasenbluten. Aber nicht lang. Blaue schwarze Flecken auf der Haut, er sagt Blötsche. Es liegt vielleicht an den Tropfen. Die Beipackzettel erwägen alles, Schmerzlosigkeit und Schmerzen, geistige Klarheit und Verwirrung, Stabilität und Unsicherheit, zweimal schon ist der Vater gefallen, die Mutter hat ihn beredet, gezogen, geschoben, gehoben, zur Sofakante, bis auf das Polster, es ging noch mal gut. Kein Knochenbruch, sonst hätte er ins Krankenhaus gemußt. Nur nicht ins Krankenhaus. Kommt nicht in Frage.

Die Tochter legt den Arm um die Mutter. Ihre Narbe? Das verbotene Heben? Die älteste Schwester drei Straßen weiter? Die Hilfsangebote der Nachbarin im Haus? Diakonie, Caritas? Wir kommen zurecht, sagt die Mutter. Nun mach nicht immer gleich aus einer Mücke einen Elefanten, du übertreibst immer gleich. Fremde Leute bei deinem Vater, das fehlt ihm noch. Deiner Schwester gibt er kaum die Fingerspitzen.

Sie selbst? Die Blutwerte stimmen nie, mit denen geht es drunter und drüber. Der Arzt weiß jedesmal etwas anderes, man blickt nicht durch. Speisepläne, Eiweißvorschriften, ärgert sich die Mutter. Das Blut liegt nicht am Quark! Quark ist gesund, wie Salat und Bohnen, zählen und wiegen soll man, bloß keinen einzigen Halm zuviel! Aber toi toi toi, der Pelz im Mund ist endlich weg. Die Mutter zeigt ihrer Tochter die Zunge, die war so lang weißlich zerrissen, wund, jetzt ist sie wieder gut, die Mutter lächelt stolz. Acht Kilo sind allerdings weg und verloren, was soll sie davon halten.

Der freundliche Professor in der Reha hat ihr geraten, erleichtern Sie sich das Leben. Große Reisen werden Sie beiden nicht mehr gemeinsam machen. Gönnen Sie sich die kleinen Erleichterungen, die den Alltag einfacher machen. Taxi zum Arzt. Lieferdienste. Eis essen im Café, dein Vater in deinem Café, eher glaubt man doch an den Mann im Mond. Der Professor ist trotzdem ein feiner Mensch, sagt die Mutter versonnen, schlanke Hände, warme braune Augen, sehr anständig und sehr gepflegt und kultiviert. Dabei wird er jeden Tag umlagert von den Heulsusen.

Wieder legt die Tochter den Arm um die Mutter. So eine bist du nicht. Die Mutter strafft sich, das hat der freundliche

Professor auch gesagt, schöner noch. Tapfer, das war sein Wort.

*

Vaters lange weiße Finger schichten auf dem Schreibtisch Papierstapel um, ausgeschnittene Zeitungsartikel, Zettelchen nennt er sie. Immer wenn eine der Töchter kommt, sucht er für sie etwas Passendes aus. Marie und die Mutter sind vom Spaziergang zurück, er liest murmelnd die Überschriften, das Zettelchen über den alten von Uexküll geht an die älteste Tochter. Es steht zu befürchten, Eins liest es nicht, murmelt der Vater. Da, für Drei ein Zettelchen über New York, leider undatiert, sie sagt es ihm nicht. Er hat es bemerkt, er schüttelt schon selbst den Kopf. Der Artikel bricht irgendwo ab, er ist nicht vollständig ausgeschnitten. So kennt die Tochter Vaters Zettelchen, schon früher brachen die Artikel mittendrin ab, es lag daran, ob der Vater das Ganze wichtig fand, sonst schnipp und schnapp. Irritiert dreht er jetzt den Artikel in seinen Händen. Unvollständig! Er untersucht die Schnittlinie, die diagonal zu den Spalten verläuft. Dahinter steckt kein Verstand, sagt er schließlich. Ich Klapsmüller, sagt er. Der Herr von Klapsmühle, sagt er, oder auch Mr Clapsmiller.
Die Eltern zwinkern sich zu.
Als Tochter ist man Eindringling. Man hat nicht Fragen zu stellen. Wie es sich in dieser Mühle lebt.
Vorwitznase, sagen die Eltern schnell aus einem Mund. Jetzt abends sitzen sie im Wohnzimmer zusammen. Marie soll lieber selbst erzählen, wie immer von A wie von Adam an, was sich in ihrem bunten Leben tut, sie soll dem Vater in die Welt ein Fenster öffnen, die Mutter zitiert ihn, er nickt.
Vier Töchter sind vier Fenster in die Welt. Im Turm wird alte unnennbare Schuld abgehungert. Ein kleiner alter Vater ist aber kein Turm, auch kein Gefangener in einem Turm. Aber

Marie ist präpariert auf die übliche Frage, die nach der großen weiten Welt woanders. Also. Klapsmüllerstochter spinnt mit rasend hüpfender Spindel ihr Stroh.

*

Alle meine Entchen, sie fängt an mit dem mehr oder weniger kuschligen Kindheitsbereich, alle meine Entchen, dieses allseits bekannte Stück, sagt sie, wird um diese Jahreszeit zu Haus auf dem Tief gegeben, Entenmutter und sechs Kleine schnaddeln in grüner Grütze, wenn es ein richtiger Teppich aus Entenflott ist, scheint es, als liefen sie übers Wasser, wie Jesus, die Kleinen heben die Stummelflügel und winken, üben Bürzel in die Höh, Marie spielt es vor mit den Händen, raspelt Süßholz, die Küken sind zum Mit-ins-Bett-Nehmen, nur leider zu naß und zu unruhig, sie wartet, setzt fort, natürlich läßt sich dazu auch anderes denken, sie bietet Rupert an, der spricht mit viel Gefühl von Ente in Curry, nächste Woche fährt er wieder los, auf eine Arbeitsreise nach Drohobycz, Ukraine, sie wartet vergeblich auf Fragen, sie selbst ist auf der jetzigen Reise zuerst nach Köln gefahren, sagt sie, zum Sender, sechzehnter Stock, sie hat Besprechungen von Büchern aufgenommen, unter anderem auch die Kritik an dem Roman aus der ehemaligen Sowjetunion, heute Rußland, diesem Roman, den sie dem Vater auf Wunsch unlängst zugeschickt hat, vielleicht hat er schon reingelesen, erkundigt sie sich, und Türme bestehen aus Schweigen und Steinen, sind uneinnehmbar, Marie nimmt die Eltern mit in den Sender, das Aufnehmen im Studio, vor Mikrophon hinter Glas, fällt ihr immer noch schwer, gibt sie zu, und deshalb pflegt und hegt sie ihre Rituale, ihre Angstabweisungsrituale, wie sagen die Eltern gerne, beides ist geerbt und liegt in der Familie, die Angst und auch die Angstabweisungsrituale, Stoßseufzer und Baldrian und literweise Saft in ihrem Fall, damit es keine

Schmatzgeräusche gibt vom trocknen Mund beim Lesen, war nicht auch der Vater immer von Lampenfieber geplagt, wenn er für die Kollegen historische Führungen machte, Maria Laach, Wirtschaftsgeschichte im Rheinland, hat nicht auch Mutter zu kämpfen mit Nervosität bei Klavierkonzerten, teilt man nicht eine Plage wie auch die Strategien dagegen, Marie lockt vergeblich, die Eltern warten, sie spinnt ihren Faden weiter, sie war also präpariert wie immer vor der Aufnahme im Studio, und trotzdem zittert sie los, ein Espenlaub, sobald sie dort hinter Glas sitzt, Marie bietet Spott an, Schweigen, sie plaudert weiter, es kommt immer sehr auf die Techniker an, ob sie freundlich sind, sie erinnert den Vater an seine Zeit bei der Zeitung, bevor er Lehrer wurde, kennt er nicht aus eigener Erfahrung die wechselseitige Abhängigkeit in der Produktion, Autoren, Journalisten, Layouter, Drukker, Cutter, auf die Zusammenarbeit kommt es an, so geht sie ihm um den Bart, ein Lob auf den Cutter diesmal, wie er das Band geschnitten hat, war sehenswert, erzählt Marie den Eltern, vor ihm der Tisch mit Schaltern, Reglern, zwei Tellern von denen das Band läuft von A nach B, das wird längst abgeschafft zugunsten digitaler Technik, ist schon Ausnahme, Marie hält inne, Platz für Vaters Einwände gegen die viele komplizierte neue Technik, Platz auch für Vaters Lob auf den ungeheuren Fortschritt, den Fortschritt, der ein zu lobender ist, kein Einwand, kein Lob, also malt sie den Eltern den Cutter aus, der war ein Tänzer der alten Schule, sagt sie, sie dient ihren Eltern den Cutter an, die Hände von ihm lagen auf den Bändern und er tanzte aus der Hüfte, bis er die Huster gefunden hatte, die Versprecher, schnipp, es war eine Anmut in seiner Arbeit, nicht wahr, fragt sie, man sieht das beides zusammen öffentlich nicht mehr oft, Anmut und Arbeit, mal hier einen Pizzabäcker, der seinen Teig in die Luft schleudert und sicher wieder landen läßt, mal da eine Stoffverkäuferin, die ein Gewebe ausbreitet wie Flügel, die Mutter hat, wie nur, noch aus den unscheinbarsten Stoffresten die schönsten Kleider genäht, schmeichelt Marie, sie lauert vergeblich auf Reaktion, kehrt zum Cutter zurück, der hüftkreisend ein schönes Tonband produziert hat, leichten Herzens ist sie selbst weitergesaust nach Köln-Junkersdorf, sie wechselt vom Thema Arbeit zum Thema Kinder, das die Mutter interessieren könnte, geht in die beklemmend feine Gegend, in der das Patenkind jetzt wohnt mit seinen Eltern, Jakob, klein und heiter stürmt er ihr, Marie, entgegen, sie beide waren zusammen im Zoo, sie durften eine Schlange anfassen, sie haben sie gestreichelt, kühl, glatt, muskulös war sie, Jakob hat sich vor Aufregung verhaspelt, die labendelige Schlange, sagte er, sie wendet sich an den Vater, den Philologen, den solche Wortbildung freuen könnte, sie überbrückt die Stille und springt nach Basel, zum nächsten Ziel ihrer Reise, die Lesung abends war gut besucht, auch gab es Nachfragen, man stand nicht hilflos im leeren Raum, Marie legt den Zaunpfahl beiseite, sogar ein Hund hat sich bellend und jaulend gemeldet, aber die Eltern mögen keine Hunde, also das Thema Städtebau, denn zwei ganze Tage lang hatte sie Zeit in Basel, wo es nicht die Trambahn heißt, sondern das Tram, Marie erinnert die Eltern an eine gemeinsame Reise nach Basel vor vielen Jahren, ist es nicht eine der Lieblingsstädte von ihnen, da, die vom Vater bestellten Fotos, der grüne weiße schäumende Rhein, die buckligen Straßen, am Theaterplatz der rasselnde Fasnachtsbrunnen von Tinguely, Marie hofft, die Bilder sind in etwa wie gewünscht, da, und dies von ganz nah, die Fotos vom Brunnen zeigen nicht den Prozeß des Tröpfelns und Fließens, sie können nicht die Bewegung abbilden als ein Prinzip der Gestaltung, war es in Basel damals, als Vater das

Rheuma hatte, das dann nie wiedergekommen ist, Zeit fließt, der nutzlos schöne Leerlauf der Maschinen, will Tinguely ihn ironisieren, Mobiles im Wasser, Zeit tröpfelt, Zeit dreht sich über das Wasserrad, Platzregen plötzlich in Basel, nachmittags ist sie mit einer Kollegin in der Böcklin-Ausstellung gewesen, mehrere Fassungen der Toteninsel und die Villa am Meer und Zentaurenkämpfe, man rühmt ja wohl seine Tiefe, die Kollegin und sie kamen bald ins Lästern, sehr schön allerdings die Eingangshalle des Museums, hell und hoch, so redet sie den Eltern nach dem Mund, die Eltern erinnern sich sicher, sie waren doch gern und oft in Basel. Der Vater ist eingenickt. Kein Stichwort hat ihn zum Fragen gereizt. Crr, Crr, macht es aus seinem Hals, die Tochter bricht ab. Auf Zehenspitzen winkt die Mutter ihre Tochter in die Küche. Früher konntest du schön erzählen, sagt die Mutter. Jetzt schläft er.

*

Zurück im Rheiderland und unterwegs zum Deich, in Richtung Sonnenuntergang.

Marie trottet steif und schwer los. Ein Kanon, ein Heuler in Moll geht ihr nicht aus dem Sinn, viele Kreuze, immer hat man den Einsatz verpatzt, in der Schulzeit, im Chor. Pflichtschuldig gäh, pflichtschuldig gäh, pflichtschuldig gähnet ihr Getreuen, der große Sultan hat gegähnt, gäh-äh-äh-äh-äh-äh-net. Noch kann ein Lächeln ihn erfreuen, kann ein Lächeln ihn erfreu-eu-en. So lacht bis eu-euch da-as Au-au-ge-e tränt, so lacht bis euch das Auge, das Auge tränt. Pflichtschuldig erfreuen, gähnen, lachen, ich lach mich tot, es reicht, die Faxen dicke, nie ist es genug, du konntest früher schön erzählen, Fenster in die Welt öffnen, crr crr, man redet sich den Mund fusselig, der große Doktor Phil und seine Frau, Königin Mutter, darunter die vier unbrauchbaren Töchter, Gähn, man nehme einen Sack und stecke alle vier hinein, alles

ist immer falsch, was man auch macht. Bis euch das Auge tränt das Trübsalblasen, Moll, nicht laut werden, gedeckt bleiben gedeckelt Schluß, ihr könnt mich, ihr könnt mich am Abend besuchen,
und jetzt ist Tag, heller Tag, helle Wut,
Marie stapft schwer und schnell im Sonnenwind den Außendeich rauf, hier draußen ist keiner. Kräftig riecht die Luft nach Schlick, Tang, Seewasser. Das Watt liegt glatt und blank, sie speit wie ein Reiher, speit blanke Wut, sie schreit die Seele aus dem Hals, die fliegt als Wildgans auf, macht Möwenloopings, stürzt, steigt auf und stürzt und fängt sich, später krächzt Marie als Rabe, hustet, so etwa.
Alle Vögel sind schon da.
Sie denkt, die Tropfen machen den Vater müde. Er kann zwischen zwei Übeln wählen, was keine Wahl ist, entweder schläft er immer ein oder kriegt immer Angst. Die Mutter ist überreizt, überanstrengt, sie müßte viel mehr Dampf ablassen, entgleisen, aus der Spur springen, sich Luft machen, sie müßte längst raus, sie weigert sich. Ihre paar Spitzen sind nur zu begreiflich. Sie wiegen nichts, aufs Ganze gesehen. Artigkeiten spinnen, was hilft das der Mutter. Schön erzählen. Dünne Tünche, dumm Tüch. Der große Sultan, die kleinen Eltern, und ihre getreuen Töchter gähnen und lächeln und gehen, gehen, gehen, gehen, während die Eltern nicht weggehen können von sich, als Tochter läuft man zurück in sein übriges Leben, mit schlechtem Gewissen erleichtert, man läßt sie allein, der Vater hat sich aufgemacht ans Ende, die Mutter ist an seiner Seite. Noch kann, noch kann, erfreuen, also. Wir sind unerfahren, dünnhäutig, gelangweilt, überlastet, ängstlich, traurig, wütend, wir machen es so gut es geht, Marie hat jetzt den Sonnenuntergang, den Deich im Rücken. Vor ihr steigt der Mond am Himmel auf. Leichtfüßig vorbei

an den Nachbargärten, immer noch weht Duft von frischgemähtem Gras, sie atmet ihn ein, sie hört Fokko und Meinhard schreiend die Pferdestärken von Rasenmähern verhandeln, sie hört auch eine späte Drossel singen, und die Chöre der Frösche im Tief, für jetzt ist es gut.

*

Besuch uns wieder, trompetet der Vater ins Telefon, nach den drei Wörtern fehlt ihm die Luft, er gibt den Hörer an die Mutter weiter. Forderungen. Die Bohnen müssen geerntet werden. Die neuen Bücher der Herbstsaison müssen gelesen und besprochen werden. Briefschulden, Monate alt. Termine beim Frauenarzt und beim Friseur sind längst fällig. Das Unkraut im Garten wächst weiter. Natürlich ist es wieder Zeit, die Eltern zu besuchen. Regelmäßig joggen hilft bei Venenschmerzen in den Beinen. Schuheputzen nicht vergessen. Dringend wäre, einen angefangenen Text zumindest anzusehen. Marie erledigt ihr Leben. Leben ist eine einzige Erledigung. Marie erledigt auch das Atmen noch mit knapper Not. Auch das noch. Einmal wacht sie morgens auf, in der festen Absicht, endlich den lang erbetenen Beitrag für eine Zeitschrift aus ihrem fiktiven Alltag zu schreiben, da findet sie nicht aus dem Bett. Das ist immer so, nie schafft sie es vor halb acht, es ist also ganz alltäglich, nur findet es diesmal tatsächlich buchstäblich wirklich so statt, sie findet nicht aus dem Bett. Wo ihr Kopfkissen sein sollte, ist es nicht mehr, da ist nichts. Sie liegt zu Füßen eines hellen Hügels in einer Ebene, weit und breit niemand, im Hintergrund hohe Berge, nirgends ein Zeichen von Vegetation, kein Vogel am Himmel, was Himmel, Himmel und Erde ununterscheidbar, alles ein Dämmerlicht, unbestimmbar, was für ein Ort dies sein könnte. Sie stapft los, sinkt in unbekannten Untergrund ein, zieht die Füße nacheinander heraus und hoch, stapft weiter, zu dem ihr am nächsten scheinenden Hügel, auf dem steht ein Turm, von dem aus könnte sie Ausschau halten, aber dann ist der Turm plötzlich fort, von einem Moment auf den anderen, und sie geht auf den turmlosen Hügel zu, und als sie dort anlangt, oben doch scheinbar, auf seiner Spitze, ist der Hügel kein Hügel mehr, vielmehr steht sie in einem Krater, es dauert, bis sie sich herausarbeiten kann aus ihm und schließlich wieder Ebene um sich sieht. Sie läuft weiter, nur immer nur geradeaus, nimmt sie sich vor, auf das Riesengebirge am Horizont zu, sie nennt ihre Richtung Süden, denn irgendwo muß ja überall auf der Welt der Süden sein, immer, und irgendwo muß ja auch jeder Mensch sein, in einem Tal, in einem Turm, in einem Bohnenfeld, an einem Tisch, im Bett, vielleicht auch im Süden, immer muß irgendwo Süden sein, aber als sie endlich an einem der Ausläufer des Gebirges ist und den Anstieg beginnt, zerfällt das Gebirge ihr unter den Füßen, es löst sich lautlos auf. Wieder nur Hügel, Wellen, Täler, die sich allmählich ebnen, wieder nur Ebene, Ebene alles, soweit ihre Augen reichen. Verlaufen! Verirrt! Verloren. Sie bricht zusammen, dann nimmt sie sich vor zu denken, und die Gedanken sind ein Wildgänseschwarm, viel zu spät dran für diese Jahreszeit, von der sich allerdings nicht sagen läßt, welche sie ist, der Wildgänseschwarm verläßt die Gegend, zielstrebig fliegen die Vögel vom Bett aus zum Tisch, über dem ziehen sie kreischend Kreise, bevor sie endgültig aus dem Haus im Freien verschwinden. Gedankenlos verläßt Marie das Bett, fährt in die Kleider, setzt Teewasser auf, sie geht zur Küchentür raus in den Garten, dort klettert sie in den Pflaumenbaum. Im Wipfel hängt ein Schild: Die Gedanken sind frei. Aber da werden die vielen Teile, aus denen Marie besteht, denn das Ganze besteht aus Teilen, die vielen Teile, aus denen Marie, besteht werden aufsässig, sie springen, das Herz mit den Beinen voran, gefolgt von Zwerchfell und Rückgrat, sie springen allesamt vom Baum und rennen schnell weg, ganz zuletzt die Haut, als luftgefüllte Hülle rennt und schwebt sie den anderen nach. Nur die Ohren bleiben im Pflaumenbaum hängen und hören, was es zu hören gibt, ein Lied von der Freiheit, die Schritte der Ameisen auf der Rinde, immer baumauf und baumab.

*

Pflichten wollen erfüllt sein. Atmen muß der Mensch. Auch muß er Wäsche waschen sowie Anrufe entgegennehmen. Steuererklärung. Besuch bei Fokkos königlicher Tante Ilse, die vornehm ihren Schnurrbart glättet, bevor sie mit Marie einen Topf Linsen durchzählt. Exzerpte. Aufnahmen im Sender in Hamburg. Recherchen. Marie erledigt ihr Leben. So will sie auch die Radtour mit Rupert erledigen, so denkt sie sich das. Er hat sie Sonntag morgens geweckt, die Fahrradkörbe sind schon gepackt, Tee, Regenjacken, Fernglas, die paar letzten holländischen Gulden und Quartjes. Unterm Deich sind sie bei Gegenwind plusminus zwanzig Kilometer nach Termunten gefahren, sie haben an einer Bude Muscheln gegessen. Auf dem Heimweg Rückenwind, jetzt legen sie die Räder ab, sitzen im Gras und halten Rauchpause. Wie können wir es machen, damit du öfter gut und gern nur da bist, fragt Rupert, von mir aus im Pflaumenbaum auch, mit Liedern und Süden und allem? Ich muß bald wieder runter, sagt Marie. Ihretwegen? Deinetwegen? Wenn du wieder zu den Eltern fahren willst, dann los. Er beugt sich zu ihr, die beiden machen ihr Leben selbst. Gut genug, wenn du manchmal zu ihnen gehst und da bist. Und laß dich nicht verletzen. Marie nickt. Es gibt Riesentöchter, die gehen mit Hut auf dem Kopf unter der Tür von Zwergenvätern durch.

Manchmal ist ein Zwerg ein Turm. Würde es das Bild vom

Turm nicht geben, dann würde man jetzt ungestört hier am Deich liegen, im kurzen Gras neben Rupert, man würde Löwenzahn pusten, man würde Wolken treiben sehen, weiter nichts. Mit dem Fernglas geht Rupert den Horizont ab. Nicht viele Vögel draußen zu sehen, trotz Ebbe. In der Nähe trödeln Schafe. Überall liegen ihre Köttel, sonnengedörrt. Wolkenschatten treiben übers Land. Himmel und Wolken spiegeln sich im Watt. Rupert liegt, er hat die Augen geschlossen, sein Brustkorb hebt sich, senkt sich, hebt sich, ein Arm liegt als Kissen unter dem Kopf, der andere ist weit ausgebreitet. Marie bestreut seine Arme mit Gras. Sie hält die Halme über ihm in ihren Händen, läßt sie in kleinen Schauern fallen. Alle Zeit der Welt.

*

Fünf Tage später, Freitag. Auf dem Kölner Bahnhof Fußballfans und Bundeswehr. Der neue Lokus heißt McClean und kostet zwei Mark, die Wassertemperatur beim Händewaschen ist nicht regulierbar, Marie verbrennt sich die Hände. Rechtsrheinisch der Regionalzug Richtung Koblenz, er hat sich aufgeheizt, der Juli kocht im Zug. Alle Fenster stehn offen, Fahrtlärm knallt rein. Fleischige Soldaten hängen schlechtgelaunt in ihren Sitzen, Sonne ist scheißer als Stubendienst. Über ihren Zeitungen beäugen sich Marie und eine kleine sehr geschminkte Alte. Die bläst Rauchringe, sie zuckt kaum, als die große Reisetasche eines der Soldaten vom Gepäckfach auf den Boden kracht. Bässe stampfen aus den Kopfhörern der jungen Männer. Die Alte blättert um. Ein Soldat rotzt aus dem Fenster, der Schleim fliegt hier raus und da rein, trifft einen anderen Soldaten am Kinn, der weiter hinten aus dem Fenster hängt. Maries Augen weiten sich. Soldaten sind eine Friedensdemonstration, sind Marder, das hier gibt Schlägerei, Totschlag vielleicht, oder Mord, sie spannt sich. Sie hört was, es kichert. Die Alte kichert dem getroffenen Soldaten ins Gesicht. Sie lacht sich schief, schüttet sich aus, es geht mit ihr durch. Rotz tropft vom Kinn des Uniformierten. Er hatte sich schon aufgepumpt, jetzt sackt er zusammen, er grinst verlegen. Dann grinsen alle Männer. Sie wischen Schleim und Schweiß, schieben sich Zigaretten und Bierdosen zu. Die ist nicht mehr ganz dicht, sagt einer der Soldaten. Marie denkt, hat sich was mit ehrwürdigem Alter. Narrenfreiheit. Eines Tages könnte man eine lachende Greisin sein, zügellos, närrisch.

*

Geburtstagsfeier der ältesten Schwester, die ist nicht nur ein Fest- und Fetenmensch, sie ist auch ein Familienmensch und lädt in einer Rundumschlag-E-Mail alle herzlich ein. Im Auftakt der Feier leises Grollen unter den Schwestern. Katrin hätte ganz gern ein Wochenende ohne Termine gehabt. Marie und Barbara ärgern sich über die weite Fahrt, Barbara ist für große Feste sowieso nicht zu haben und beide maulen, daß wieder mal die Gelegenheit verpaßt worden ist, sich ohne jeden Anhang nur zu viert zu treffen, so, wie vor Monaten vage geplant. Nö, sagte Katrin, ein einziger Aufwasch ist zeitsparender, Ausrede, murrt jetzt Barbara, ganz typisch für Jutta und Katrin, die treten immer im Doppelpack auf, Hand in Hand mit Macker, die halten sich fest, allein sind die nie zu haben. Katrin fährt dazwischen, ob Barbara und Marie einen blassen Schimmer haben, wie oft sie, Katrin, ihren Mann sieht, ob die beiden so freundlich wären, ihre Ehe zu akzeptieren. Marie und Barbara sind so freundlich, und Katrin soll bitte nicht jaulen, sagt Marie, möchten sie wissen, wie oft ihr Mann und sie dies Jahr jeweils alleine unterwegs waren? Barbara sagt, sie selbst ist die einzige, die offiziell immer allein auftritt, alle anderen einschließlich Marie tanzen heute als

Paare an, es stinkt ihr, knurrt Barbara, die einen Teil ihrer kurzen Ferien bei den Eltern verbracht hat, der Vater hat, wirr wie er ist, nicht vergessen, ihr wieder die Frage der Fragen zu stellen, was ein Paar Schuhe ist, er möchte ihr eine einzige Frage stellen, ihr, Nummer Zwei, hat sie jemals ein Schuhpaar gesehen, das nur aus rechts rechts besteht oder links links, solch ein Paar kann nicht gehen, und Gott schuf den Menschen als Mann und Frau, vergiß es, tröstet Vier, für mich hat er auch eine einzige ewige Frage, eine Insleerelauffrage und gleichzeitig eine Insmesserlauffrage, das ist seine Art, er hat für jeden von uns seine Frage, Drei schüttelt sich vor Widerwillen, von mir will er immer was wissen über die Farbe Rot. Hört auf mit Doktor Phil, sagt Jutta, der kommt heute nicht, dem ist mein Geburtstag schnurz, dem ist Wurst, daß das hier höchstwahrscheinlich seine letzte Chance ist, den ganzen Pulk zusammen zu sehen. Es geht nicht gegen dich, beschwichtigen Barbara, Marie und Katrin, nie geht der Vater zu Festen, warum also gerade jetzt, er fühlt sich schwach und schämt sich, Jutta weiß es besser, warum der Vater nicht kommt, ihr wißt es genauso, die Luft und das Wetter sind vorgeschoben, wahrscheinlich hat er auch unsere Mutter beredet, es wäre zu heiß. Aber die Mutter wird kommen, sagt Jutta mit blitzenden Augen, und wenn ich sie herschleifen muß, schließlich ist heute mein Fünfundvierzigster. Halbzeit, sagt sie.

Geburtstagsfeier der ältesten Schwester, das Fest findet draußen im schattigen Garten statt, Terrasse und Garten bevölkern sich, Verwandte, Nachbarn, Kollegen und Freunde, viel Volk aus der Kleinstadt und Angereiste sogar aus Rendsburg, sie mischen sich vorsichtig, äugen, sondieren, wischen den Schweiß, aber bei Eis und Saft, Sekt und Salat läßt es sich aushalten. Huhu! Drüben kommt Rupert, irgendwas hat er in

Baden-Baden beim Rundfunk gemacht. Marie kocht ihm eine große Kanne heißen schwarzen süßen starken Tee. Summender Garten, Musik, schräge Töne. Ob Doktor Phil und Frau auch kommen? Die Operation von ihr lief soweit gut, aber mit ihm soll es zügig bergab gehn, gerne mit Sahne, er soll ein bißchen, hier oben eben, ihre Geduld ist bewundernswert, da drüben die golden Gelockte, die soll unsere Jutta sein? Aus Rendsburg, ja, von mütterlicher Seite aus, das sind jetzt fünfzehn Jahre her, die Jutta hätte ich nicht erkannt auf der Straße, Jutta, Barbara, Marie und Katrin, das waren doch früher von Doktor Phil und der Frau die vier Orgelpfeifen mit Topfhaarschnitt, Jutta hat sich gemacht. Donnergrollen auf der anderen Rheinseite. Hier im Garten leichter Wind, Jutta und Katrin verhandeln Maries Frisur, die keine ist, bloß Haare hat sie auf dem Kopf, mit Farbe und Dauerwelle wär was zu machen, auch das Fußkettchen letztes Jahr war vor die Säue geschmissen, juhu, Lisinka, gute Idee, sie einzuladen, die fünfte Tochter, so sagt eure Mutter doch immer, will eure Mutter nicht kommen, Lisinka ist eine Fitneßbekanntschaft von Jutta, die keuchen im gleichen Studio, sie hätte das Putzen nicht nötig, deren Haus mußt du sehen, pi-co-bel-lo, mit allen Schikanen, findest du oft bei den Rußlanddeutschen, die rauschen ran, Kasachstan oder Rußland ist doch egal, Lisinkas Mann im Baustofflabor in Melsbach, Asphaltierung, ja, nee, Rennstrecken auch, in Rio, einmal Ferrari mit qualmenden Reifen, ein Traum, Satinbettwäsche für Jutta, genau wie gewünscht, sie hat auf Satin moosgrün bestanden, jetzt hat sie Romantik, Salat! Satin ist glatt, der wirft dich aus dem Bett und rums, da kommt Tante Gilgi, eine von Vaters Bräuten, oder ist die verwandt mit euch, diese Schlange aus Mainz, hat immer für jeden ein böses Wort, warum hat Jutta sie eingeladen, das fragst du? Die Ohrringe sind aus dem letzten

Urlaub in Israel, sie haben alles aufgebaut aus dem Nichts heraus, Land ohne Volk für ein Volk ohne Land, Irrtum, da wohnten schon Leute, unsere Drei will wieder Terroristen decken, Tante Gilgi, bitte, sie hat nur gesagt, da wohnten schon Menschen, der Mann im Mond ist auch nur ein Mensch, komm weg hier, Marie, Tante Gilgi ist hoffnungslos, sobald es abkühlt, zeige ich den Rendsburgern den Rhein, das Besondere an der Stadt ist der Deich, Vorsicht Gilgi, Eins hat einen dicken Gutschein bekommen von ihrem Onkel und damit Parfum gekauft, wenn ihr versteht, nicht Bücher, nein, Parfum, sie hat den traurigen Mut besessen, das eurem Vater zu sagen, ihr beide, Zwei und Drei, seid alt genug zu begreifen, Eins war das Lieblingskind eures Vaters, bis dieser Herr wie heißt er angedackelt kam, natürlich muß nicht jeder Abitur haben, aber Herr Dings bricht eurem Vater das Herz, und wenn er zehnmal beim Umzug hilft, zum Wohl Tante Gilgi Prost Vier, zu Hilfe paß auf, meine Bluse, konntest du nicht mit Vorsicht, frisch gepreßter Obstsaft, der Fleck geht nie raus, wo ist das Bad, Katrin hat Tante Gilgi begossen, wie sie es doppelt und dreifach verdient, die Saftpresse war ein Schnäppchen, zuschlagen, bis der Euro kommt, dann ist Schluß mit lustig, unsre Firma hat nachgerüstet, alles vom Feinsten, sämtliche Extras von Microsoft, ich sag nur drei Worte, Saftladen, das hat Katrin gut und richtig gemacht, meine Bluse ist hin, längst pleite ohne Verkauf übers Netz, Maries Mann hackt Schreibmaschine, Triumph 1954, jedes Wort können die lesen, das du im Internet schreibst, wenn du dich einmal eingeloggt und angeschlossen hast, ich hab nichts zu verbergen, grüner Satin, gewagt, nach der ersten Wäsche kann sie damit den Boden feudeln, feudeln? Wischen meint sie, ihr hier im Süden versteht bloß Bahnhof, die Rendsburger meinen, der Süden fängt hinter Münster an, wollen die Eltern nicht auch heute kommen?

Marie und Rupert gehen später zur Wohnung der Eltern. Sie lösen die Mutter ab wie besprochen. Sie versuchen ihr Bestes, den Vater zu unterhalten. Nach einer Stunde fragt er zum vierten Mal, wann kommt Mamska. Sie unterhält sich hoffentlich gut, sagt Marie, was auch der Vater hofft, aber wann kommt sie. In noch mal einer Stunde, wie abgesprochen, recht so, sagt er. Er brütet vor sich hin, bis Rupert vorschlägt, man könnte sie anrufen. Ob sie sich früher auf den Heimweg macht. Das wäre das Richtige, sagt der Vater mühsam, schwer von Überlegungen. Aber die Mutter ist schon nicht mehr beim Fest. Sie ist schon losgegangen, zurück in die Mühle, zurück zum Vater.

*

Nachts in der Wohnung von Jutta und ihrem Mann. Alle Gäste sind weg, nur Barbara ist noch da, und Katrin und Marie mit ihren Männern. Die Schwestern geraten in Streit.
Zwei hat sich eine Woche lang um die Eltern gekümmert, eine Woche ihrer kurzen Ferien, und der Vater hat nichts getan, als Dreis Loblied zu singen, Drei, die sich mit Städtebaugequatsche Liebkind macht, das ist Drei neu, die hört nur immer, Vier war gerade da und hat so viel zu tun und kommt trotzdem, sehr witzig, nennt das Vier, die nichts ist als der dumme Nesthaken, die aber nur eine Träne andeuten muß, damit der Tyrann die Tiraden abbricht, an Vier hängt der Vater, während ihm Zwei und Drei schnurz sind, was denen ihrerseits schnurz ist, Eins und Vier sind die Lieblingskinder, Eins ist die allerliebste, so lieb hat er sie, daß er ihr kaum mehr seine Fingerspitzen gibt, weil ihm der Schwiegersohn nicht paßt, nachts streiten die Schwestern. Die drei Männer räumen auf.

*

Der Vater hat eine Frage an seine Tochter Marie, er rückt damit raus am zweiten Tag ihres Besuchs. Eine wirkliche Frage. Er betont es, die Tochter strafft sich.
Vorher war friedlich die Rede von der Entwicklung des Städtebaus, die zu wünschen übrigläßt. Städte werden aus Menschen gemacht, nicht aus Steinen, sagte der Vater, das wußte schon Augustinus.
Vorher erzählte Marie von ihrer Idee, Rupert auf seine Arbeitsreise nach Tel Aviv und Jerusalem zu begleiten. Die Eltern freuten sich. Bethlehem könnt ihr euch sparen, rieten sie, ihr solltet nach Massada fahren, zu Herodes in das Schwimmbecken im Staub, und aufpassen mit Obstsaft, die Mutter hat Erfahrungen, und keine Angst vor Arabern, vor Bomben in Bussen, man kann sich auch den Hals beim Duschen brechen.
Vorher sprachen sie zu dritt alle Bekannten und Verwandten durch, die sie gefahrlos durchhecheln konnten, dann ging die Mutter ans Kochen. Der Vater hat jetzt eine Frage, eine wirkliche Frage ist es, die Tochter strafft sich.
Ein Stern mit Leuchtschweif scheint auf, denn jetzt wird der Vater die Frage der Fragen stellen und sie werden zusammen die Antwort finden und alles und endlich der Frieden bricht an, die Tochter ruft sich zur Ordnung.
Wahrscheinlich hat der Vater die übliche Frage, seine Marie-Fangfrage, seine Marie-Fallenfrage. Sie strafft sich.
Du und dein Mann, leitet der Vater ein, ich, Doktor Phil. Da ihr, die Schriftsteller, hier ich. Ich höre, dein Mann war in der Ukraine. Man darf das Land wieder beim Namen nennen, Ukraine heißt es. Die Sowjetunion war ein Zwischenspiel. Rußland heißt es, Ukraine. Die Weißen, die Roten, Rot und Weiß, murmelt der Vater, es gibt auch Gelb, Mondgelb und Blau, Himmelblau, jetzt ist der Faden weg, murrt er, die

Tochter bliebe ganz gern im Bunten, Lila, sagt sie, Tintenblau, der Vater sagt, Schluß mit dem Farbenquatsch, ich will von dir eine Antwort. Wie kann es sein, daß noch im neuen Jahrtausend Leute sagen, sie sind Rote, Linke, Sozialisten, Kommunisten, Anarchisten?

Wie kann es nicht sein? Brauchen die versteinerten Verhältnisse vielleicht keine Kritik? Die Tochter sagt es nicht. Nie haben Debatten zu dieser Frage der Fragen zwischen Doktor Phil und Drei einem von ihnen irgendwas gebracht. So wenig wie Vaters Gespräche mit Zwei über unaussprechliche Lesben und Schwule.

Laß mich, sagt Drei, ich lass' dich auch.

Nein, sagt Doktor Phil.

Er liegt auf dem Sofa, die Augen geschlossen, er läßt sie genau nicht. Er will es wissen. Er ist jetzt dran. Er hat einen ehrlichen Wunsch, sagt er, eine ehrliche einzige wirkliche Frage. Sage, Lage, Tage, er murmelt Reime.

Klage, ergänzt die Tochter. Der Vater wedelt. Sie soll nicht ablenken mit ihren Mätzchen.

Küchenanarchistin. Salonkommunistin. Marie gehört keiner Partei an, ihre Hände und Füße sind reglos, sie verteilt keine Flugblätter mehr, plakatiert nicht nachts auf leisen Sohlen für den Umsturz. Zuerst sterben die Antworten. Die Fragen aber. Wenn sie nicht, und wenn sie nicht, dann heute noch, noch heute.

Vorwärts, ruft der Vater, was heißt links?

Die Tochter fängt zäh mit der Paulskirche an, sie betet feige Doktor Phils Erklärungen nach, die kennt sie seit der Kindheit. Von der Sitzordnung in der Kirche kommt sie auf die Kuppel zu sprechen, auf Architektur, falsch, der Vater schüttelt die weißen Hände aus den schmalen Handgelenken. Keine Ausflüchte. Erklär die Renitenz, ruft er.

Über Hunger, Cholera, Atomwaffen et cetera läßt sich nichts Originelles sagen. Es ist demütigend, ihm vorzustottern, vorzutragen, was achtenswerte andere jederzeit und überall viel besser sagten. Marie macht sich bereit für die Scham. Denn deren Alternative, das Ausweichen vor dem Peinlichen, das Schweigen angesichts der weltpolitischen Großwetterlage wäre ihr nicht möglich. Also. Sie schlüpft in die Rolle, sie wird die abgenützten Sätze sprechen, die dazugehören, sie spricht sie auf einer privaten Bühne, ein abgenütztes, unfertiges Stück.
Vorwärts, ruft der Vater.
Bedrängte Kreaturen seufzen. Die Kritik des Jammertals zerpflückt imaginäre Blumen an der Kette, nicht, damit der Mensch die phantasielose, trostlose Kette trage, sondern damit er die Kette abwerfe und die lebendige Blume breche.
Marie verschluckt das Marx-Zitat. Auch Adorno ist ein rotes Tuch für den Vater, sie verschluckt den Namen, stottert immerhin los. Minima Moralia, sur l'eau, zart wäre einzig das Gröbste, sie umreißt das Grobe in groben Zügen. Dabei weicht sie ab, macht Anleihen bei allen Größen der Weltgeschichte, die der Vater kennt, sie kommt auch auf Heine, ein neues Lied, ein besseres Lied, wir wollen auf Erden glücklich sein, ja, Zuckererbsen für jedermann, der Himmel bleibt für Engel und für Spatzen. Zartes, Grobes, auf dem Wasser liegen, rien faire comme une bête. Marie versucht, es einfach zu sagen, sie faßt sich kurz, um den Vater nicht zu verärgern. Dialektik von Küche und Staat, frei nach Lenin und Tragelehn, es wird gekocht und gegessen. Marie faselt vorsichtig was zusammen. In der folgenden Stille ist alles denkbar.
Wenn es so ist, bin ich rot, würde Vater sagen, und es würden Sternenschweife und endlich und alles, die Zeit des Krieges beendet und alles offen, und eine neue Zeit bräche an, eine

andere Zeit, in der Leute sich lassen, sie fliegen auf, der Vater schüttelt den Kopf ins Nein.
Die Tour mit dem Brot verfängt nicht bei mir, sagt er, Erbsen und Brot für die Welt, ts ts. Erst Brot, dann Marmelade, zwei Sorten, fünf Sorten, dann Auto, dann Auto von Porsche, dann Reisen zum Mond. Erst Brot und dann Bomben, ihr endet im Terror, ihr wollt bis zur Sonne.
Und er heißt Doktor Phil und ist geboren einundzwanzig und in achtzig Jahren Bomben Hunger Marmelade Zuckererbsen Autos Reisen und das Trampeln über das Zerbrechliche kalt abgebrüht, und er heißt Doktor Phil und spendet der dritten Welt und er trampelt.
Demokratie, Porsche und Erbsen, solche Sachen gibt es nur für Bürger von Athen.
Schreit man einen alten sterbenskranken manchmal irren Vater an? Marie auf dem Balkon. Sie raucht schnell eine Stange Zigaretten weg. Der Vater hat sie rausgeschickt, sie soll der Mutter helfen. Marie steht draußen in Rauch und Schwaden. Schwefel auch dabei.
Terroristischer Schwefel, Schwefel, der zur Sonne stinkt. Vielleicht hat der Vater zuviel Sofsky gelesen in seiner Zeitung, Sofsky, der fasziniert ist von Bomben, Terror, Amok, von Gewalt. Kultur stiftet Gewalt und vice versa, der Zivilisationsglaube ist Mythos, Sofskys literarische Methode, seine grimmige Genugtuung beim Ausmalen gewaltsamer Szenarien, Sofsky, der gebannt verharrt in kaltem Feuer, immer wird es Destruktives geben. Wer hat das bestritten? Der Vater liegt auf dem Sofa, eben erst hat er im Ledersessel mit seiner Zeitung gesessen, frisch gepreßten Saft getrunken, er hat zufrieden genickt, es gibt keine Gerechtigkeit.
Die Tochter steht auf dem Balkon und raucht. Vielleicht wollte der Vater seine Philosophie entwickeln, nach der ist

der Mensch unersättlich. Fischers Frau Ilsebill und so. Sie würden sich geeinigt haben. Aber der Vater will sich nicht einigen, und das ist der Punkt. Der Punkt ist, daß er die wunden Punkte der Töchter kennt und an ihnen kratzt und nicht aufhört damit. Kann sein, das ist der Punkt.
Vaters Rede gegen seine dritte Tochter handelt seit Jahrzehnten von der besten aller Welten, vom alten Athen mit der ewigen steinernen Demokratie unter Gleichen, vom Rechten, von der Bundeswehr als der größten Friedensbewegung und so. Kann man erst sterben, wenn man seinen Frieden mit der Welt macht? Vielleicht kann man mitten im Krieg sterben, und wenn es nur der mit den Töchtern ist. Nur, daß Marie ganz gern ihren Frieden mit ihrem Vater schließen würde. Dann könnten sie schön und gut leben, solchen Säuselkram macht sie sich vor. Wer sagt, daß jeder nach Frieden lechzt? Wer sagt, Sternschweif und so sind erst möglich, wenn der Vater ins Lager der Tochter wechselt? Einer kann bis in alle Ewigkeit die Dummheit der Hoffnung behaupten, den Sinn der Not, die Schönheit der Zerstörung. Sie denkt, man kann ihn lassen. Man würde sich lassen, gegenseitig. Man könnte einiges teilen, Prinzessinnen, Städtebau, Kormoran, Heine. Aber der Vater beharrt auf dem wunden Punkt. Er beharrt darauf, der Tochter immer wieder die Frage der Fragen zu stellen, und das ist der Punkt. Der Punkt ist der Verletzungswille.
Draußen steht die Tochter, ratlos. Das ist ein böser Mensch, der drinnen auf dem Sofa keucht. Man darf es nicht denken. Von diesem Punkt an weiß so eine wie Marie nicht weiter. Es scheint nur noch das Nadelöhr der Religion zu geben. Vergib, und wie auch wir, und so.
Oder man gibt das Projekt vom Frieden mit dem Vater endlich auf. Marie sieht vom Balkon aus Kirchen in der Dächer-

landschaft aufragen, bald sind die zugewachsen, werden zugebaut, auch hier in der Kleinstadt. Rauchschwaden aus dem Mund, zittrige Hände, vierzig Jahre, keiner Kirche steuerpflichtig.
Alle Zeit soll Gott in deinem Herzen sein. Ein Satz aus der Mühle der Mutter. Diesen wichtigsten Wunsch hat sie für alle, die sie gern hat. Man kann Leuten anderes wünschen, Gesundheit, Freundschaften, Liebe, Karriere, Frohsinn und Gesang und Tanz und so. Mutters Satz schien lange eng und streng. Vielleicht hat sie gemeint, mit Gott im Herzen wäre man bewahrt, vor bösen Leuten, noch in jeder Not. Die Mutter kann nicht überall selbst sein, so hat sie Gott erschaffen. Gott ist der Seufzer und das Lied einer bedrängten Mutter. Gott ist das Gemüt einer herzlosen Welt, wie er der Geist geistloser Zustände ist. Gott wäre noch stärker als die Mutter. So hat sie ihn geschaffen. Alle Zeit soll er in deinem Herzen sein. Der Satz scheint über alle Maßen großzügig. Mehr kann sie nicht wünschen. Man könnte die Mutter umarmen und so.
Immer stehst du krumm, sagt die Mutter, warum haben wir dich jahrelang zur Krankengymnastik geschickt. Ruf deinen Vater, das Mittagessen ist fertig.
Auf dem Sofa liegt er, verfangen, er hat den Knochenarm über die Augen gelegt. Das ist ein armer Mann, der drinnen auf dem Sofa liegt. Er keucht. Langsam kommt er hoch und setzt sich auf. Gib mir mein Wams, sagt er. Die weinrote wollene Weste meint er. Manchmal ist ihm mitten im Sommer kalt. Marie hilft ihm mit seinen Hosenträgern.

*

Bomben. Bomben kommen vor, das wißt ihr nicht so. Die junge Generation weiß nicht viel. Israelis wissen, was Bomben sind, und natürlich weiß es in Deutschland die alte Generation. Die Dinger liegen hier in der Gegend und Gegenwart rum. Alle sieben Pfingsten finden sie mal eine. Blindgänger, kann sein, wer weiß. Die Bomben müssen entschärft werden. Unlängst lag so ein Ding im Rhein, direkt vor unserer Nase. Was? Natürlich bin ich zu Haus. Wo denn sonst. Auf dem Balkon. Dein Vater muß nicht alles hören. Mit dem mobilen Telefon. Was. Sag ich doch. Bombe. Großes Geschrei in der Zeitung, und im Radio. Du kannst dir denken, wie sich dein Vater gefreut hat. Ihr wißt das nicht so. Sie räumen die ganze Straße. Es wird angekündigt und durchgesagt mit Zeitung, Handzetteln, Lautsprecherwagen, keiner soll eine Ausrede haben, zu Haus zu bleiben, keiner kann sich berufen auf Bahnhof verstehen, sie sichern sich ab. Es würde kosten, wenn plötzlich ein altes Ehepaar in die Luft fliegt. Den gerichtlichen Wirbel, all die Versicherungen. Und wer da alles unter einer Decke gluckt. Die Räumung ist hochoffiziell. Zwei bis vier Stunden darf man schon rechnen. Froschmänner im Einsatz, heißt es nicht so? Sie tappen mit Entenschuhen und Taucherhelm in die Fluten des Rheins, was sagst du, nein, zu sehen war nichts. Wir sollten verdunkeln, man sieht nichts, ich stelle es mir so vor. Sie bieten den Anwohnern Aufenthalt in der nächsten Schule an, samt Betreuung und Kaffee und Teilchen, wahrscheinlich das Rathaus, das steckt dahinter. Du kannst dir denken, wie sich dein Vater freut unter wildfremden Leuten bei Teilchen und Tratsch. Es kam überhaupt nicht in Frage! Was? Unsinn. Mit seiner Hüfte hat das nichts zu tun. Die hätten sogar einen Rollstuhl gestellt, dein Vater geht manchmal sehr schön. Vergiß nicht den Aufzug. Hier sein Stock und da mein Arm, neulich sind wir, als es abends kühler wurde, durch die Goethe-Anlage gewackelt, dein Vater ist schön gegangen. Die Tuter der Rheindampfer, da spitzt er die Ohren, er ist mal bis Rotterdam mitgefahren, vor unserer

Heirat war das. Was? Natürlich sind wir in der Wohnung geblieben. Du kennst ihn wohl nicht. Dein Vater läßt sich nicht zwingen. Anlieger frei, immer und überall. Er war Anlieger auf den streng verbotenen Baustellen im Neubauviertel in Amsterdam, o Gott und der Gazastreifen und kein Benzin mehr im Mietauto, und die Ausgrabungen im Westerwald, der Limes. Wo ein Verbotsschild steht, ist dein Vater nicht mehr zu halten, jetzt schläft er. Sonst ginge es nicht mit dem Telefonieren. Aber kein Wort zu ihm, später! Auch nicht zu deinen Schwestern! Ihr telefoniert immer hintenrum, hinter meinem Rücken, was sagst du? Beckers besuchen? Deine Schwester, oder Lisinka? Was? Nei-hein! Wenn er mit wildfremden Leuten nicht Teilchentratsch halten will, heißt das noch lang nicht, er dreht bei Lisinka oder beim Herrn der Heerscharen Däumchen. Du kennst ihn wohl nicht. Du glaubst doch nicht, dein Vater würde nachgeben und aufgeben und ausweichen, nur weil eine Bombe entschärft wird. Gegen Hüh sagt er Hott, begreifst du das nie? Das ist so sicher wie das Amen in der Kirche. Aber sie haben Druck gemacht. Vormittags noch mal der Lautsprecherwagen, sie haben uns alle aufgefordert, sämtliche Rolläden runterzulassen um zwei Uhr mittags, zum Schutz der Fenster, nicht daß was zerklirrt, und alle sollen sich geordnet aus den Wohnungen zurückziehen bis zur Entwarnung. Nicht mit deinem Vater. Das hat er ohne Griechisch klargemacht, du kennst ihn, unmißverständlich. Doch! Natürlich habe ich ihm zugeredet. Vor allem denkt man sich sein Teil. Wie kann man wissen? So eine Bombe geht hoch oder nicht. Und wenn sie hochgeht, wie kann man wissen? Wer sagt, ein altes Ehepaar steigt Hand in Hand geflügelt auf in die Wolken? Halbzerfetzte Bombenopfer gibt es zur Genüge. Er hat das nicht so erlebt. Verschüttete Leute. Ausgebombte. Weiß verstaubt und rotgeblutet taumeln sie aus Kellern. Kugelaugen. Dein Vater ist nicht ausgebombt worden. Besser, nichts zu sagen, ihm nicht noch angst zu machen. Dein Vater ist eben ein Mann. Also werden einfache Erklärungen und klare Lösungen bevorzugt. Das wißt ihr nicht so. Er will, daß wir zusammen sterben. Oder er geht zuerst. So ist das abgemacht. Trotzdem redet man ihm natürlich zu. Beckers wollten uns im Auto abholen, Mercedes, leicht zum Einsteigen, bequem. Deine Schwester wollte einen Freund vorbeischicken mit irgendeiner gut gemeinten Nukkelpinne, sie mußte arbeiten, er hätte uns zu ihr gebracht, in ihre Wohnung, aber dein Vater sagte nein. Also mußte ich schwindeln und Beckers abwimmeln, wir wären bei Lisinka, und immer so weiter im Kreis, zum Glück fragt keiner genauer nach, die Leute sind nur mit sich selbst beschäftigt. Mutter, was heißt hier Mutter. Nun reg dich nicht immer auf. Es ist ja gutgegangen. Telefonieren wir, ja oder nein? Immer bist du nervös. Ihr wißt das nicht so, wie es ist mit Bomben. Die Alten wissen es noch, siehe Frau Schmidt, auf dem Markt, sie braucht jetzt auch eine Gehhilfe, das Haar ist immer noch mustergültig gefärbt, und eine dumme Trulla ist sie trotzdem, sie saß mit der Familie ganz hinten links in Heilig-Kreuz, wenn du es nicht vergessen hast, der Schmidtsohn war in deinem Alter, war er nicht auch im Jugendorchester, was macht er jetzt, sie hat es erwähnt auf dem Markt, er leitet eine Filiale von McBig, wie hieß sie noch, diese Essenskette, Big Brother, McDonald's, also vom Schmidtsohn die Mutter sagt auf dem Markt, dann trifft man sich nachmittags in der Schule, ich habe strahlend geschwindelt, daß wir Bekannte besuchen, sie hat nicht weiter gefragt. Schmidts wohnen Ecke Schloßstraße, da ist einem erst aufgegangen, wie weit sie alles absperren und räumen, sie nehmen es doch wohl ernst. Das Mittagessen war für uns beide kein großes Vergnügen. An

Mittagsschlaf nicht zu denken. Die Ohren fliegen zur Straße und horchen nach Polizei oder Feuerwehr. Oder vielleicht sogar Bundeswehr. Wir haben korrekt die Rolläden runtergelassen. Und hörten die anderen abziehen, klapp, hier eine Tür und da eine. Es hat deinen Vater geradezu aufgemuntert, der Behörde ein Schnippchen zu schlagen, du kennst ihn. Er hat einen kleinen Fensterspalt offengelassen. Zum Spinxen. So hat er gesehen, die Polizei geht alles noch mal ab. Sie klingeln von unten an jeder Wohnung. Nicht ans Haustelefon, nicht abnehmen, hat er zu mir gesagt, sonst wissen sie, wo wir sind. Daß wir illegal da sind. Du kennst deine Mutter. Wenn es klingelt, geht man dran, es ist einem Gehorsam eingebläut worden von Kindheit an, ich war schon am Haustelefon, bevor dein Vater nur Hüh rufen konnte. Und? Und, und. Der Polizist hat nicht gewartet, ob sich einer meldet. Der schnarrte nur was. Der hat nichts gehört. Der ist dann weitergegangen. Da saßen wir also fest. Dein Vater hat Dextropur genommen zur Stärkung. Es war kein großes Vergnügen. Gab nichts zu sehn durch den Spalt. Wie sie da an der Bombe friemeln. Es war wohl auch deinem Vater mulmig. Zum Lesen fehlte die Ruhe. Wie sähe das wohl aus, wenn die in den Trümmern später eine Hand finden, die abgerissen ist und ein Buch umklammert. Das sähe nicht gut aus. Man kommt ohne Buch zurecht. Man denkt sich sein Teil. Ihr wißt das nicht so. Die Blätter der Pappeln waren durch den Spalt zu sehen. Silbern von unten. Wir haben gewartet. Wir haben früher als sonst ein Glas Schorle getrunken. Auf unser Wohl und auf alles. Es ist dann wieder mal gutgegangen.

*

Marie steht zu Haus am Telefon, sie hält den schweren schwarzen Bakelitknochen ans Ohr, hört Mutters Stimme. Vor ihr liegen Birnen auf der Fensterbank, die ersten im Jahr, sie reifen noch nach. Die Eltern machen es, wie sie es wollen. Die Eltern sind eine Verschwörung. Marie denkt sich ihr Teil. Draußen wird es jetzt, August, abends schon etwas früher dunkel. Halblicht. Seidenregen fällt. Durchs offene Fenster ist fühüp zu hören, fühüp, zwei Eulenjunge machen sich auf. Die Mutter fragt, ob der Plan für die Israel-Reise weiter besteht, trotz dieser Bombenattentate neuerdings. Vater und sie würden die Reise unterstützen, Marie müßte sich nicht unnütz fürchten vor Bomben et cetera. Mutters Stimme im Hörer hat Fülle bekommen, klingt stolz. Man muß nicht soviel Gewese machen um Bomben, sagt sie. Die Tochter seufzt. Haben Bomben im Zweiten Weltkrieg, Blindgänger und Selbstmordattentate jetzt in Israel was miteinander zu tun? Wäre der Vater vielleicht ganz gerne mit seiner Frau in die Luft geflogen? Wünschen sie sich den großen Knall und Ruckzuck Schluß Aus Ende? Die Tochter seufzt. Schöne Geschichte, sagt sie. Wehe, sagt die Mutter, erzähl sie nicht weiter, schreib sie nicht auf, versprochen? Versprochen, sagt Marie.

*

Der Vater, kann sein, denkt sich sein Teil.
Es ist unvermeidlich. Manchem aber widerfährt das Denken, mancher steuert es nicht, und das Denken ist nicht ein Ruder, mit dem er stolz steuert durch Wellen und Wind ins Weite. Mancher hat kein Ruder in den Händen. Die Hände von manchem bestehen aus Fingern und Fingerspitzen, kalt weiß blau. Die Finger tippen auf die Bügelfalte der Hose über den Knien. Sie machen eine Delle in die Bügelfalte. Die Knie knacken, so machen es mancherleuts Knie. Geknackt hat auch das Schiff, die Pequod von Melville von Moby Dick, knack, macht der Mast das Rückgrat vom Schiff, der Mast ist geknickt und das Schiff wird im Strudel gedreht und es tunkt seinen Kopf ein, am Ende ist nichts als die glatte Oberfläche

des Wassers und das ist was übrigbleibt schließlich. Als wäre nie etwas gewesen. Den Kopf eintunken, der Kopf eines Schiffes heißt Bug, tunk tunk, den Bürzel in die Höh juche. Enten gründeln, Schiffe sinken, Schiffe versenken in der Deutschstunde bei Doktor Phil, dem Pauker, die Schule fällt aus, neuerdings. Auch Ferien und Reisen, Schwimmen und Museen fallen aus. Neuerdings. Hitzefrei. Die drückende Hitze steht im August in der Wohnung. Nur mancher bleibt kühl bis ans Herz. Braucht sein Wams. Ist eiskalt so wie Don Giovanni. Eiskalt? Glühend? Der steinerne Gast, er gibt einen aus. Gesegnete Mahlzeit alle zusammen. Mancher bleibt aber für sich allein. Hänschen klein. Was Hänschen nicht lernt. Nimmermehr. Sehr quer. Sehr schief. Mancher steht schief von Anfang an, und es fällt keinem auf, dieser Mast steht schief. Die Medizin ist seither fortgeschritten. Seit den Dreißigern. In den sechziger Jahren schon wurde mancherleuts Tochter mit Gips repariert, mit Krankengymnastik und lag bei den Eltern zu Haus. Die Medizin schreitet fort. Im neuen Jahrtausend werden kranke oder dumme Gene ausgetauscht wie Glühbirnen. Ersatzteillager treten an die Stelle von Handwerk und Reparatur mit Leder und Stangen und Gips. Im neuen Jahrtausend gibt es auch Medizin, die wirkt wie noch nie. Frau Spier kennt sich aus. Ein Helfer in Weiß. Frau Spier war ein Helfer in Bunt, der nach Haus kam. In die Wohnung. Am Anfang dagegen wird mancher weggebracht von seinem Zuhaus. Weg von Mamatschi und Papatschi. Mancher wird weggebracht und versteht es nicht, weil er klein ist am Anfang. Mitte der Zwanziger und klein und krank. So gehen die Erinnerungen durcheinander. Es waren zwei Aufenthalte im Krankenhaus. Vielleicht. Einmal Skoliose, einmal Gehirnhautentzündung. Es war eine Lunte gelegt an den Kopf. War ein Glimmen. Beten Sie, daß er nicht aufwacht, hat einer der weißen Helfer Mamatschi gesagt. Sie hat es zitiert vor mancherleuts Ohren, manches Mal. Beten Sie, daß er nicht aufwacht. Es sind noch Rechnungen offen mit der Mamatschi. Zweimal Krankenhaus? Dreimal? Die weißen Helfer. Es gab Helfer, die zurrten Ledergurte um die Rippen. Um den ganzen Brustkorb. Andere Helfer hielten den Kopf fest. Andere Helfer setzten den schwarzen Gummipfropf übers Gesicht. Andere Helfer stachen in die Haut mit Nadeln und saugten und drückten hinein. Andere Helfer paßten ein Halfter an und verbanden es mit den Ledergurten. Andere Helfer vermaßen alles. Andere Helfer schoben den Gummikeil in den Mund. Andere Helfer tauchten die Beine in brennendes Eis. Andere Helfer schnürten das Korsett eng und noch enger. Andere Helfer gossen weißen Schleim in den Mund. Andere Helfer leiteten Gegenfeuer gegen das Feuer im Blut ins Blut. Andere Helfer schlugen mit Hämmern. Andere Helfer mit Helferstimme segneten alles. Alle Helfer verschwanden. Mancher bleibt allein. Mancher ist klein am Ende und möchte nicht weggebracht werden. Ἄνδρα μοι ἔννεπε Μοῦσα, πολύτροπον, ὃς μάλα πολλὰ πλάγχθη, ἐπεὶ Τροίης ἱερὸν πτολίεθρον ἔπερσε, πολλῶν δ' ἀνθρώπων ἴδεν ἄστεα καὶ νόον ἔγνω. Sage mir, Muse, die Taten des vielgewanderten Mannes, welcher so weit geirrt nach der heiligen Troja Zerstörung, vieler Menschen Städte gesehn und Sitte gelernt hat. Sage mir nichts. Mancher möchte nicht noch einmal an Helfer gegeben werden.

*

Homers Kopf steht auf dem Jugendstilschrank, im Wohnzimmer der Eltern. Die Büste von Homer ist beim Vater von seiner Kindheit an. Ein Onkel des Vaters, Bildhauer, hat den Homer aus Gips gemacht, von ihm kommt auch die schwarze Holzfigur vom krummen Mann auf dem Regal. Quasimodo. Er war Glöckner in der Kirche Notre-Dame, Paris, Frankreich. Das Kind Marie hat den kleinen buckligen Mann gefürchtet. Marie lernt buchstabieren, reiht zusammen, entziffert, liest. Überall sind Wörter, draußen liest sie im Vorübergehen Ach-tung Bau-stel-le. Drinnen kniet sie auf dem Stuhl vor dem Regal. Schwin-det. Ihr. Dun-klen. Wöl-bungen. Schwindet, ihr dunklen Wölbungen droben. Reizender schaue freundlich der blaue Äther herein. Vaters Schrift an der Wand. Vor der Schrift der krumme schwarze Mann auf dem Regal. Bei den Glocken im Turm das Monstrum, der Türmer in Schwarz. Rot. Gesperrt. Seit Marie lesen kann, geht sie an dieser Stelle vorbei, ohne die Augen zu heben, so, wie sie auch in der Kirche geht. Der Vater ist Diener vom schwarzen Mann. Als solcher darf er an Wände auf die Tapete schreiben. Das Kind Marie war ein Diener auch. Nach dem Mittagessen, nach dem Abtrocknen bringt sie das gute Geschirr ins Eßzimmer, leise. Die Schiebetür zum Wohnzimmer steht offen, der Vater hält seinen Mittagsschlaf, leise. Leise öffnet sie die Tür zum Gläserschrank. Unten stehen Vasen, auch der gußeiserne Fuß für den Weihnachtsbaum. In den mittleren Regalen silberne Becher, Untersetzer, chinesische Schalen und Löffel, blau, weiß. Oben Gläser, geschliffene Sektkelche, Kostbarkeiten. Er aber wurde den geringsten Brüdern gleich. Er stand unten hinter den Vasen und war aus Wachs eine kleine Figur mit ausgebreiteten Armen und hing am Kreuz. Und Kreuz und Staub. Er, Schöpfer aller Ding, gemacht aus grün-gelblichem Wachs, und verstaubt, und so auch die winzigen rostroten Blutstropfen und aus Händen und Füßen und Herz und wie es geschrieben steht und der Staub und nicht abzukriegen vom Wachs und ganz festgewachsen im Wachs. Er aber erhöht die Erniedrigten und er macht das Krumme gerade. Und Diener und Dienst. Das Kind Marie stellt den Gott ins oberste Fach, verbirgt ihn hinter den Kelchen vor bösen und fal-

schen Leuten. Das Kind Marie nimmt aus der Puppenstube eine weiße Schüssel, nimmt aus der Küche weißes Dextropur. Das Kind Marie legt das Dextropur in die Schüssel und stellt sie vor dem grüngelben rotblutenden Schmerzensmann auf. Rückt die Sektkelche wieder zurecht und senkt den Kopf vor dem Schrank und verschließt ihn. Der Tabernakel in der Kirche hat hinter der ziselierten Tür einen roten zusätzlichen Vorhang. Das Brot ist ein Leib und ist der Leib Jesu und in der Kirche nach der Verteilung geht der Gott zurück in seinen Tabernakel. Der Schrank ist ausgeschlagen mit rotem Samt und betten zur Ruh und der Vorhang und schließlich leise die Schranktür, das Heilige bleibt allein. Das Kind Jakob zeigt der Patentante Marie ein Versteck im Garten, letzten Sommer war es, das Versteck, die Schneestelle. Unter roten umhummelten Stockrosen hat Jakob einen Kreis aus Steinchen gelegt, der Schnee übersommert hier, unsichtbar für die Ungläubigen, er übersommert in reinstem hellstem schimmerndstem Weiß, so ist er für alle da, die ihn erkennen und bewahren und befolgen. Das Patenkind weiß nichts von Jesus. Jakob betet zum Schnee. Marie gibt dem Geheimnis Dextropur. Vaters Schrift an der Wand ist dem krummen Mann zur Seite gestellt. Alles geht, kann sein.
Wo ist der krumme schwarze Mann? Marie, zu Haus, frühmorgens, verheddert in der Bettdecke in Bilder verheddert, wird am Fußende wach, Rupert bringt ihr den Tee ans Bett. Weiß. Rot. Schwarz. Der Glückner, der Glöckner vom Turm von Notre-Dame, Quasimodo, wo ist er?

*

Ein Pünktchen am Horizont, Marie sieht es vom Tisch aus. Es zieht schnurgerade auf sie zu, wird größer, wird gelb. Was hat es, daß es hoch aufspringt, das Herz. Marie klickt sich aus dem Internet, geht aus dem Haus durch den Garten, blau

leuchten die Pflaumen jetzt im August aus dem schwarzen und grünen Laub, sie geht den Fußweg hoch zur Straße. Der Postbote stapelt ihr die Arme voll, braust weiter, ein gelber Tupfer im grünen Land. Was drängt es denn so wunderlich, das Herz. Rupert ist wieder in Drohobycz in der Ukraine dieser Tage. Das Herz will mal hinübersehn, und fragen, wie es dort mag gehn. Marie sortiert in der Küche die Post. Ein unverlangter Roman, mit Bitte um Besprechung. Einladungen zur Buchmesse zum Umtrunk hier und da. Die neue Le Monde. Antwort aus Tel Aviv und eine Karte aus Drohobycz. Auf der Briefmarke fährt eine Straßenbahn oder so. Rupert schreibt das und das. Was drängt es so. Was hat es, daß es hoch aufspringt. So ist Marie im Herzen froh. Ein Päckchen ist noch da, verschnürt und sorgsam verklebt, auch innen ist alles mehrfach umwickelt, umstopft mit Papier. Mutters Marmelade kommt heil an. Marie sucht den Brief, die Zettel. Ihre Eltern verschwenden nichts, auch nicht Papier. Sie verwenden Abreißblöckchen aus der Apotheke, auch vom Autohändler. Die Mutter macht sich fast immer die Mühe, die Zettel in ihre Olympia einzuspannen, sie hadert mit ihrer Handschrift, seit der Operation hat das Zittern beim Schreiben noch zugenommen.
Der Masseur ist mit dem Vater nicht zufrieden. Ein Hexenschuß vielleicht. Woher in der Wohnung ein Hexenschuß, möchten sie beide wissen. Nächste Woche Mutters Arzt in Urlaub, ihre Quick-Werte weiter schwankend. Die älteste Schwester plant eine Reise nach Frankreich, hat einen Berg Wäsche gebügelt, Herr Beckers Geburtstag demnächst, auch nicht zu vergessen der von Tante Gilgi, die nach Italien will, und feste Umarmung in Handschrift, die steht aus Platzmangel auf dem Kopf.
Post an die Töchter ist Mutters Sache. Der Vater legt Artikel

dazu, zugeschnitten auf das, was die Töchter sind. Manchmal, meist, unterschreibt er mit einem Satz. Er wünscht Klarheit und Gedankenschärfe, er wünscht klugen Gebrauch des Verstands und ein nimmermüdes Weitersuchen, immer noch, schreibt der Vater, wenn er sich meldet, immer noch dein Vater.

Die Tochter hat es lieber, wenn die Zettel unterschrieben sind mit immer noch dein Vater und Papilio. Dann sind es zwei, dann ist es nicht ein einziger, der wie getürmt dasteht. Ein Turm? Der Vater ist klein, er wird überragt von den Töchtern. Etwas stimmt nicht mit der Proportion.

Masseur und Hexenschuß, Quick-Werte und Lisinka. Der Zettel ist beidseitig vollgeschrieben, Mutters Grüße auf dem Kopf, seitlich ein Krakeln noch, mit Mühe nur zu lesen, Vaters Schrift. Marie entziffert sie. Dem Satz fehlt die Unterschrift und der Punkt.

Ich warte auf die Nacht und auf den Boten

*

Nachrichten für die Eltern: Arztrechnungen. Die FAZ, die Rhein-Zeitung. Eine Karte der jüngsten Tochter aus Wangerooge. Unicef-Spendenaufruf. Die Zeitschrift Frau und Mutter. Einladung zum nächsten Stammtisch pensionierter Lehrer. Ein Umschlag, darin ein kleiner Kasten aus Spanholz. Zigarillos especialos steht darauf. Innen sind Rosenblätter und Federn, Federn von Amseln, Wildgänsen, Fasanen, Eulen. Eulenfedern sind die weichsten, für den lautlosen Flug bei Nacht auf der Jagd, wenn der Mond weiß treibt, wenn alles schläft. Federn und Rosenblätter, für was immer in der Nacht ist. Mond oder kein Mond. Schlaf oder kein Schlaf. Bote oder kein Bote. In der Nacht.

Ein Zettel liegt im Umschlag. Marie wünscht leichte Augenblicke. Auf bald.

*

Als sie dann im September wieder bei den Eltern ist, sagt der Vater, er habe nur eine kleine Frage. Ob die Tochter letztes Jahr im World Trade Center gewesen sei. Ja, sagt sie und wartet ab. Der Rahmen ist gesteckt. So wissen Marie und die Mutter, die in Sesseln beim Sofa beim Vater sitzen, wovon gesprochen werden soll. Vom Vater selbst kommt aber weiter nichts. Immer hat er sachliche Themen bevorzugt. Geschichte, Geologie, Architektur, Städtebau. Klassische Frauenthemen, Krankheiten, Nachbarn, Verwandtschaft, werden verhackstückt, sobald die Mutter mit ihren Töchtern alleine ist. Privater Mist, Emotionskram, Gefühlsquatsch, damit soll man den Vater verschonen. Ein Bote ist auf dem Weg durch die Nacht. Geschichte, Geologie, Architektur und Städtebau sind schützend um den Vater aufgestellt. Seine blauen weißen Griffelfinger haben einen Satz geschrieben, der ragt aus der sachlichen Mauer raus. Warten in der Nacht. Die einzige Frage jetzt aber ist die nach Politik. Also das World Trade Center. Die Mutter und Marie erwägen die Ereignisse. Leute aus der Generation der Tochter wünschen sich schon seit einiger Zeit große Zeiten, im Faschismus sei noch was losgewesen, das sei noch ein Leben, ein Stoff gewesen, die eigene Generation aber, klagen Leute in Maries Alter, habe nichts Großes erlebt, Krieg Terror Amok Tod, man selbst nehme immer nur vor dem Fernseher teil an welterschütternden Ereignissen, alles nur medial vermittelt, neunundachtzig etwa, aber jetzt fange das Leben an, sagen diese Leute, Wahnsinn, sagen sie, mit dem elften September träten sie in die Geschichte ein, jetzt gehe es um uns alle. Schamlosigkeit, sagt Marie. Ihre Mutter sorgt sich um die Leute in New York und in Afghanistan. Es ist nicht begreiflich. Sie kennen sich nicht, wie sollen sie da füreinander büßen. Da werden sie verbrannt, und da sind sie dran zur Vergeltung. Die Mutter wirft einen vorsich-

tigen Blick auf den Vater, der ihr seit jeher politisches Spintisieren vorhält. Sie kommt mit der Tochter auf den braven Soldaten, springend zwischen verfeindeten Schützengräben, rufend nach beiden Seiten, nicht schießen, drüben sind Leute. Marie und die Mutter tauschen Nachrichten aus über Politikerreden, über die Feuilletons. Die Welt ist da. Überall ist sie da. Überall gibt es Leute, nichts fällt aus der Welt, niemand. Alles und alle, immer.
Hier, im Haus in der Rheinstraße, sind drei Leute zusammen. Zwei reden Sätze. Die Mutter und die Tochter. Crr, crr, klingt aus dem Mund des Vaters. Wenn er aufwacht, wird er ihre Stimmen hören. So reden die beiden weiter.

*

Große Geschichte, die ist besprechbar. Bei der Privatgeschichte wird es schwieriger. Wenn man mit mehreren bei den Eltern ist, verstrickt man sich schnell. Bei den Eltern sind ein Rendsburger Onkel, Tante Gilgi, Marie. Vergangenheit wird umgewälzt. Es gibt Spuren, immer verzweigen sie sich und verwirren sich. Nachfragen sind nicht in jedem Fall erwünscht. Oder wer möchte umgekehrt, daß Leute ihm zu nah treten mit Fragen, so Tante Gilgi. Einundzwanzigster vierter 1921, kein schönes Datum für eine Geburt, betont der Vater wieder mal, ach was, tröstet der Onkel, das mußt du nicht in Verbindung setzen mit dem 20.4.1889, mit dem gottverfluchten Hitler. Sachlich gesehen, gibt der Vater zu, haben die Daten nichts miteinander zu tun. Mamatschi hatte sich bei dieser zweiten Entbindung wohl eine Tochter gewünscht. Ihr Mann war Redakteur, Zentrum, gestorben bald nach der Machtergreifung. Dein Großvater hat es nicht ertragen, wie die Nazis sein Büro verwüsteten, erklärt der Vater Marie, mein Vater ist an den Nazis gestorben. Was soll mit Mamatschi gewesen sein? Mein Bruder war sechs Jahre älter. Er war ein Nazi, mehr oder weniger, sagt der Vater. Wir hatten nie viel miteinander zu tun. Er ist im Krieg gefallen, das weißt du doch. Wie meinst du das, wie er sonst war. Versteh ich nicht. Ich war immer Individualist, das Heil-Gebrüll der Massen war mir widerwärtig. Tante Gilgi fragt, was willst du wissen? Ihr müßt euch eben nach der Decke strecken, das soll Papatschi den beiden Söhnen ganz zuletzt gesagt haben? Wann soll dein Vater das erzählt haben? Ihr meint natürlich, ihr hättet es besser gemacht damals. Ihr wart noch nicht mal auf der Welt. Da hat Tante Gilgi natürlich recht. Was soll mit Mamatschi gewesen sein? Die Skoliose wurde zu spät bemerkt. Keiner macht jemandem Vorwürfe, erklärt die Mutter. Euer Vater hat seine Mutter Mamatschi zu sich genommen. Punktum, sagt Tante Gilgi. Das ist es, was schließlich zählt. Ende der Durchsage. Er ist wegen Unbotmäßigkeit von der Schule geflogen. Daran ist überhaupt nichts komisch, sagt Tante Gilgi tadelnd zum Rendsburger Onkel. Ich war ein Luftikus, sagt der Vater. Kriegsuntauglich. Der Buckel hat mir das Leben gerettet. Dein Vater hat immer zu der Skoliose gestanden, reihenweise hat er die Schönlinge ausgestochen, erklärt der Onkel. Es war des Wortes Macht, betont der Vater. Mir sind die Bräute nachgelaufen. Mir und den Wörtern. Er ist den Frauen nachgestiegen, erinnert der Onkel, und im Freibad bist du vom Zehn-Meter-Brett gesprungen! Ein ganzer Hofstaat von Apothekerinnen gehörte zu unserm Kreis. Sie haben zu mir aufgeschaut, sagt der Vater. Es waren höchstens fünf Meter, sagt Tante Gilgi. Der Onkel schwärmt, wir haben reinen Alkohol gepanscht in den Nachkriegsjahren. Diese Apothekerinnen, die hat dein Vater systematisch eingewickelt, die sorgten für reinen Alkohol. Ihr wißt nicht, was Hunger ist. Marie, du kommst auf deinen Vater. Unsere kühlen Kopfmenschen, sagt Tante Gilgi, und mit zehn linken Händen. Das Abitur habe ich als Externer abgelegt. Kriegszeiten, lausige Kriegszeiten, das stimmt nicht, sagt der Vater, nach den ersten Siegen waren alle begeistert. Wer damals nicht dafür war, war verrückt. Immer siehst du alles schwarz, sagt Tante Gilgi, das ist, weil du zu Haus geblieben bist. In der Kriegszeit war dein Vater unter anderem als Sekretär beschäftigt, seufzt die Mutter, der Fuchs im Hühnerstall, die Ablage war eine stadtbekannte Katastrophe, auch der Onkel hat davon läuten hören, bevor es ihn in den Norden verschlug, dein Vater hat die Unterlagen weggepfeffert, er hat in der Arbeitszeit an Silbenrätseln gefeilt, alles selbst ausgedacht, komplizierteste kunstvollste Silbenrätsel, ich habe konsequentes Arbeiten nie gemocht, ich war zu faul. Tante Gilgi dankt ihrem Herrgott auf Knien, daß er es endlich einsieht, nimm dir ein Beispiel an deiner Mutter, sagt der Vater seiner Tochter. Und sein Chef, damals, wenn der die Ablage nicht fand, wenn ein Donnerwetter im Anmarsch war, da war dein Vater listig, weiß die Mutter. Er ist zum Chef gegangen, auch so ein kriegsuntauglicher Knacker noch aus dem ersten Krieg, erklärt Tante Gilgi, Mathematiker obendrein, dein Vater hat ihm seine Hausaufgaben in Geometrie vorgelegt, Externer wie gesagt, er hat den Chef um Hilfe gebeten, die Ablage war vergessen, ich habe mich zeitlebens durchgemogelt. Dein Vater hat eine ganze Gesellschaft gefesselt, wenn er den großen historischen Bogen von Adam an bis zu den Heutigen schlug, der Onkel erinnert sich gern. Eine deiner Bräute hat dich Wasserfall genannt! Die Wörter sprudelten nur so. Sie war das Feuerflämmchen. Ich bin immer ein Denker gewesen, sagt der Vater, ich wollte Grenzen hinter mir lassen. Du hast die Leute nach Strich und Faden bezirzt, ärgert sich Tante Gilgi. In der Verwaltung wurden heimlich Briefe von Bischof von Galen weitergegeben. Ihr wißt nicht, was das hieß. Die Amerikaner haben die Freiheit gebracht. Mein Doktorvater war Professor Leo Weisgerber. Deine Doktorarbeit war unser erstes Kind, sagt die Mutter. Wortfelder und Wortbedeutungen. Was das auch immer heißen soll, sagt Tante Gilgi, die jetzt leider gehen muß. Fast alle Bräute deines Vaters sind später Patentanten von euch geworden. Mutters Freunde wurden Patenonkel. Tante Gilgi ist ein Schicksalsschlag. Was soll mit Mamatschi gewesen sein? Auch bei der Post hat dein Vater während des Kriegs gearbeitet. Zusteller. Kastenleerer. Sie setzten Spione an von der Post aus, die kontrollierten. Von pünktlicher Leerung war natürlich keine Rede bei deinem Vater. Von der Post gibt es weiter nichts zu erzählen, ich mag nicht mehr daran denken, sagt er. Es scheint über lange Zeit sehr schwierig gewesen zu sein, sagt Marie. Warum hast du jahrelang würgen müssen, bevor du morgens losgegangen bist zur Arbeit? Möchtest du umgekehrt, daß Leute dir zu nah treten mit Fragen? Erzähl deinem Vater nichts von den Sorgen als freiberuflicher Mensch, das hat er alles hoch zehn erlebt. Die Geschichte mit der Stadtsparkasse war später. Das war eine Auftragsarbeit zum Jubiläum. Sie haben mir gute Bezahlung versprochen. Rechnen war nie deine Stärke, bedauert der Onkel. Die Mutter zieht das Buch aus dem Schrank. Hundertfünfundzwanzig Jahre Stadtsparkasse, sie liest vor. Um etwas Historisches zu verstehen, muß man immer bei Adam anfangen, jenem Menschen, der überhaupt nichts besaß, nur seine Sprache, die es ihm ermöglichte, mit seinesgleichen Pläne zu schmieden. Der Onkel prostet dem Vater zu. Gleich mit dem ersten Satz mitten ins Schwarze, sagt er, Adam, die Steinzeit, dann kamst du auf Tauschhandel und auf Geldverkehr, die Schleife soll dir einer nachmachen. Ich weiß nicht, sagt der Vater. Es war auch schwer, gibt der Onkel zu, all die wechselnden Stellen und dazwischen arbeitslos, der Haushalt von sieben Leuten einschließlich Mamatschi, aber ihr habt es durchgezogen, lobt er, für die Kinder, damit die schön leben, und ist es nicht später leichter geworden, seit du Lehrer warst am Gymnasium? Die Direktorin sehen wir immer noch, sagt die Mutter, sie organisiert den Stammtisch, die kann was erzählen aus ihrer Jugend, die weiß, wie mancher seinen Knacks weghat aus der Nazizeit. Leute in Maries Alter können das nicht verstehen, wie es einen bis heute verfolgt. Ich mag daran nicht denken, sagt der Vater. Es war alles nichts. Nimm dir ein Beispiel an deiner Mutter. Was? Was soll gewesen sein bei Kriegsende? Erleichterung? Freude? Der Onkel sagt, wir wußten immerhin bei Kriegsende, daß wir wahrscheinlich alt und grau werden. Der Vater schüttelt den Kopf, er sagt zur Tochter, ich versteh nicht, was du fragen willst.

*

Ilse Didden kommt nicht mehr mit. Die alte Mausekönigin blickt vornehm um sich und versteht es alles nicht. Wo ist der Tortenheber? Wer hat das Leibchen versteckt? Was ist mit meinem rosa Morgenmantel? Tante Ilse stöbert in ihrem Zimmer. Einmal ist es ihr Zimmer, dann ist es es wieder nicht. Du bist hier zu Haus, sagen Fokko und Janette zu ihr, wenn sie sonntags ins Altenheim Pogum gehen. Du bist hier zu Haus, sagen auch die freundlichen Helfer in Weiß. Zu Haus, ja. Aber was ist ein Haus? Ein Haus paßt nicht in ein Zimmer. Tante Ilse wühlt bei Nacht im Schrank in ihren Sachen, frühmorgens, wenn die Pflegerin kommt, flüchtet sie unter den Schrank mit gesträubtem Schnurrbart. Alles wie immer. Nur das Haus hat gewechselt. Rita wohnt jetzt da, wo Tante Ilse vorher war. Rita, unser allerbestes. Marie hat ihr jahrelang Nachhilfe gegeben, Rita war die erste der Familie, die aufs Gymnasium gegangen ist und Abitur machte. Das Studium hat sie abgebrochen nach einer Woche, Bielefeld war fremd und kalt, inzwischen ist sie bei der Stadtverwaltung, wo es warm ist. Die erste eigene Wohnung in Leer war nicht das Richtige. VHS-Kurs kann jeder, aber nicht jeder kann danach zu Fuß durch dunkle Straßen heimgehen. Stadt ist mehr gefährlich als gesellig, sagt Rita. Zwischen Ditzum und Bingum sind alles Verwandte, und wenn sie die abends besucht, sitzt sie nachher im sicheren Auto, daß bloß nichts passiert. Janette und Fokko nicken, so ist Rita, unser allerbestes. Regloser Frieden, am Sonntag unter der Küchenlampe, Fokko und Janette und Rupert und Marie und Rita essen Kuchen, trinken Tee, sie verhandeln die frischen Maulwurfshaufen in Fokkos Garten, das Neuste. Tante Ilse sagt, ein Räuber ist bei ihr eingestiegen, dann kam Polizei mit Hut auf dem Kopf und hat ihn gefesselt abgeführt, das Brotmesser hat er dagelassen, jetzt ist es weg. Fokko lacht. Da vermengt sie was mit der Zeitung oder dem Fernsehn, sagt Rupert. Darum, sagt Fokko. Sein R rollt wieder schön. Darrrrum. Rita findet es nicht leicht mit Tante Ilse, sie kratzt sich die Kopfhaut. Wo ist der Tortenheber? Was braucht die einen Tortenheber. Rita riecht an den Fingerspitzen. Und der Morgenmantel! Im Altenheim auf ihrem Zimmer hat Tante Ilse ihren dünnen gelben und den dicken weißen Morgenmantel, beide neu, und dann will sie den rosanen, und wer soll wissen, wo der steckt? Die Verwandten haben stapelweise Kisten ausgelagert, in alle Garagen und Keller und Böden in Ditzum, Pogum, Verlaat, Critzum, Hatzum. Fokko wirft nichts weg, was seiner Tante gehört. Aber wo ist der rosa Morgenmantel, und was, wenn sie nächste Woche die Vase mit Goldrand sucht? Auch bei Rita steht der Boden voll. Rupert und Marie waren bei ihr eingeladen, das Haus anzusehen. Fokko hat

sich mit dem Umbau angestrengt. Neues Bad, neue Fenster und Türen. Stundenlang hat Rita sich gequält mit den Tapetenkatalogen. Jetzt ist endlich alles wie im Schaufenster. Bis auf den Dachboden. Ein sperriger Kleiderschrank, dreigeteilte Matratzen, Koffer, Kisten Kisten Kisten. Rita kratzt sich die Kopfhaut, riecht an den Fingerspitzen. Ich brauch den Boden, sagt sie, als Gästezimmer. Im Wohnzimmer schlafen als Gast, schön ist das nicht. Alles nur, weil Tante Ilse denkt, sie ist die Königin und muß nur Piep sagen, und wir springen los in die Schränke. Fokko sagt, es sind ihre Sachen. Papa! Das Bett braucht die nie wieder!
Marie würde Rita ganz gerne treten. So eine dicke gelbe Wut plötzlich. Sie reißt sich zusammen. Sie denkt, irgendwann wird sie allein sein mit Rita, und dann wird Klartext geredet.

*

Hinter den Rücken von Doktor Phil und seiner Frau wechseln Leute Worte. Töchter, Verwandte, Nachbarn, Bekannte, wie der Masseur und der Hausarzt. Auch Marie ist dabei.
Kontrollgang. Nach dem Rechten sehen. Kein einfacher Patient. Er macht nicht seinen Frieden mit der Welt. Katrin hat er auch wieder ins Messer laufen lassen. Wenn ihr ihn am Leben bleiben sehen wollt, erwähnt ihr Tante Gilgi oder Jutta, dann springt er im Sechseck, ist gut fürs Herz. Das Positive sehen. Mit Scheiße bekleckert. Die arme Frau kann einem leid tun. Er gibt sich keine Mühe. Die haben es gold. Das Hinscheiden zieht sich hin. Will er sein Ableben in meinen Urlaub verlegen?
Hinter den Rücken der Eltern Wörter.

*

Wörter vom Vater. Vielleicht.
Kontrollgang. Was wollen die Besucher. Zur Geschichte des Zoos in Europa. Die Beherrschung der Natur durch die Kul-

tur. Mancher rote Mann und mancher Schwärzling wurde ausgestellt im Zoo. Besucher starren. Durchaus. Manche haben durchaus Mitleid. Putt, putt, putt. Ich mag kein Blatt.
Ja. Das hier ist das Bett, nicht das Sofa, das Bett, flach, hart. Das Sofa ist ein runder Elefantenrücken. Auf dem Bett, jetzt, nicht im Bett. Angezogen. Hier, das weiße Oberhemd. Also ist Tag. Welcher Tag? Vormittag? Nachmittag? Abend?
Das ganze Bett ist krank und das ganze Zimmer ist krank und das ganze Haus ist krank und die Welt
die Welt soll stillhalten, sie geht immer weiter weg.
Sie ist eine Dame in langem Kleid, o liebliches Lächeln. Sie ist eine schöne Frau, die nicht lügt. Sie winkt. Sie geht langsam.
Was sollen Besuche. Stippvisiten. Reinschneien und Rausschneien. Besichtigung eines Käfigmanns. In blütendweißem Oberhemd. Ich sehe doch, was sie in ihren Herzen sagen. Keiner von ihnen wird der starre Tote sein. Warum seufzen sie, sie sollen lachen und leben. Wut? Wut manchmal. Stille.
Sie kommen und gehen und kommen davon und werden berichten. Da werde ich was zu hören kriegen. Ich selbst möchte schweigen.
Es ist ein Bote unterwegs zu mir. Zu mir allein. Er reist durch Tag und Nacht. Mancher, der alt ist, kann dem Boten nicht entgegengehn und dann muß er warten und warten in tiefer Nacht auf die Nacht. Die Kälte nimmt zu. Mamska hat das Wams verlegt. Mancher will weghumpeln aus der Kälte. Hin zum Lebendigen, zur Wärme, zu Mamska.
Vielleicht verboten, was weiß man.
Da ist mein Wams. Sie bringt es. Sie ist bei mir.
Mancher möchte aus der Seele zu ihr schreien aus der tiefsten Not.
Der Körper ist voll Gift. Die tiefste Not. Daß man ihr zur Last fällt, es ihr schwermacht, daß man sieht mit jeder Her-

zensfaser, wie sie alles ist, alles, man selbst ist nichts, ich kann ihr nichts mehr sein als eine Last, laß mich dir keine Last mehr sein, hilf mir, trag mich, trag mich davon des Wassers Wellen die Etrusker ante Christum natum Sprung ins Wasser Seele kommt von See du trägst mich Mamska bleibt du aber schläfst und schlummerst nicht, und sie ist da. Alles ist beim Nichts. Alles gibt nichts die Hand und das ist mir das Schlimmste, ihr zur Last zu fallen und ein Nichts zu sein welches am Alles nagt.
Soll sich mancher nicht die Ankunft des Boten wünschen?
Wie soll sich mancher nicht wegwünschen?
Aus manchem verschwindet der Mensch, wenn er alt ist und krank.
War es ein Mensch in manchem jemals?
War es in manchem vielmehr ein Stein?
Kann in manchem aus einem Mensch bei Lebzeiten schon ein Stein werden?
Wo ist er, in manchem der Mensch?
Wo, wo ist er.
Hier Stopp, gesperrt, verboten der Zugang, aber das Denken sagt Anlieger frei.
Es führt in die Gefahr, denn das ist seine Aufgabe.
Ein Denken, das mich hütete, es liegt hinter den Bergen.
Manchen bringt das Denken in Verdruß.
Denken, du hättest helfen sollen.
Sieh mal die schöne Frau, die nicht lügt.
Schwarzgefleckt Prinzessin grunzt die liebe Welt.
Tote sind sonstwo, ich gehe nach sonstwo.

*

Die ersten Wildgänse fliegen in kleinen Trupps ins Rheiderland, Oktober. Andere reisen dieser Tage nach Frankreich, nach Italien oder Israel. Ferien oder Arbeitsreisen. So Eins

mit ihrem Mann, so Tante Gilgi, so Drei und ihr Mann. Auch der Masseur macht Ferien im Ausland.
Rupert hat in Israel zu arbeiten, das hat sich in der Ukraine ergeben. Marie fährt mit. Sie schiebt ihre eigenen Gründe vor, lauter Vernunftgründe. Und längst gibt es die Einladung von Moshe Bibermann aus Tel Aviv, den sie in New York City kennenlernte und mit dem sie E-Mails wechselt. Marie ist wild entschlossen, mitzufahren, sie stapelt Vernunftgründe auf, türmt sie auf über der neuen Angst, die sie um ihren Mann hat. Er sollte nicht allein verreisen. Denn was ist das für eine Ehe, wenn zwei Leute immer nur allein losfahren? Läßt sich so eine Ehe eine Verschwörung nennen? Ist so eine Ehe vielleicht vielmehr ein Städtebaugequatsche? Was ist, wenn Rupert bei einem Bombenanschlag stirbt? Voltaire hat protestiert gegen das Erdbeben von Lissabon, im Namen der Vernunft. Arme Vernunft, irre Vernunft. Rupert darf nie tot sein, darf nicht sterben, schon gar nicht allein. Man nennt es irreale Angst und arm und irr. Die Angst anderer Leute hat einen realen Kern. Wenn Moshe Bibermann seine Wohnung verläßt, weiß seine Frau, wann er zurückkommt. Wenn er nicht kommt, weiß sie, wo die Papiere sind. Unterlagen fürs Krankenhaus, Verfügungen, solche Papiere. Bibermann, strahlend gesund, in Maries Alter, kann von jetzt auf gleich sterben. In Israel wird gekämpft. Ein militärischer Sieg ist für beide Seiten unmöglich. Die eine zeigt der anderen, ich kann dir weiter Schmerz zufügen.
Marie ist wild entschlossen zu der Reise, sie dreht sich vor der Reise in Kreisen, in Angst. Rupert kann wie sie selbst, wie jeder immer sterben, man kann sterben in Flugzeugen, Bussen, Schulen, in Diskos, im Krankenhaus oder zu Haus im Bett. Von sich selbst die abgerissene Hand zu sehen, kein schönes Bild. Maries abgerissene Hand wird die von Rupert

umklammern. So geht es. So hätschelt sie ihre Melodramatik. Immerhin warten schließlich auch die Bekannten in Tel Aviv. Und der Vater zu Haus, so krank, so alt, soll man nicht schnell erreichbar sein? Sie fragt es ihn. Der Vater winkt ab, verächtlich, Ausrede, keucht er am Telefon, Heuchelei. Zwei, nein Drei war ein Angsthase schon als Kleinkind, in El Al seid ihr kein Himmelfahrtskommando! El Al ist die sicherste Linie! Obwohl die Eltern zu der Reise rieten, ist Marie mit Rupert losgefahren, Trotzkopf, sie ist gefahren, weil Freunde ihr sagten, schieb nichts auf die lange Bank. Tatsächlich ist Marie gefahren wegen dieser Sache zwischen ihr und Rupert. Sie ist gefahren wegen der Hand in der Hand.

*

Nicht nur die Hände zittern, es geht ein Beben. Geht ein Beben durch einen durch.
Fort, fort! Vorüber gehe! Rühre mich nicht an!
Das Licht stirbt. Wie soll einer dagegen rasen?
Wörter spalten Blitze. Taten tanzen. Licht.
Ich geh nicht freundlich in die gute Nacht!
Wie aber kann einer rasen gegen das Sterben des Lichts?
Etwas bebt, etwas rast. Etwas bebt nach.
Stille.
Wie spät ist es? Tag? Nacht?
Ach, es ist nicht der Tod. Doktor Phil. Ringt nicht mit dem Tod. Mancher ringt mit der störenden Hose, sie schlappt, schnell, Stolpern schnell, es stolpert, stolpert mich, stolpert ins Bad, Licht, Mama! Mamska!
Dick gelb. Überall. Der weiche Brei. Wieder die Hose bekleckert.
Haufen. Elend.

*

Schöne stolze Jugend. Bildertausch. Marie, zurück von der Reise, sitzt in der Küchenbank der Nachbarin Gerda Honken, die beiden zeigen sich Bilder. Lachende sonnenbraune Jugend mit Kalaschnikow im Arm, Gerda blättert in der israelischen Zeitschrift, dann klappt sie ihr eigenes Album auf, denn auch zu Haus war was los, die Hochzeit der Tochter Bianka. Da, als Braut ganz in Weiß, im Minirock mit der goldbraunen Haut. Sahnebonbon, sagt Gerda, von wem hat sie das, von mir bestimmt nicht. Woher sind sie schön in Ditzumerverlaat und Tel Aviv, so selbstbewußt, so schön, waren wir auch so? Eher nein, hier tanzt Bianka mit Meinhards Jüngstem, leider hat die Kapelle um zwei Uhr früh Schluß gemacht, später lief Techno, unsereins fliegt vom Stuhl und gleich weiter bis an die Decke. Love Parade in Tel Aviv, sagt Marie, die Party der Tänzer, gibt es längst auch in Israel, sie zeigt auf das Foto der halbnackten Raverin in der Zeitung, die wird abgetastet von israelischer Polizei, wegen blockierter Grenzen nimmt palästinensische Jugend nicht teil, es ist kein Tanz, sagt Marie, Grübeln hilft auch nicht, sagt Gerda, vergleicht die Länge der Beine der Raverin und der Tochter. Die Jungen da drüben sehen so aus wie Bianka, sagt Gerda, so stolz und so schön, so gerade. Kaum zu glauben, ich soll die geboren haben mit ihren unendlichen Beinen, vielleicht liegts am Essen und Trinken, Isostar, Aufbausteak, da, Bianka und ihr Süßer vor der Evenburg, der Fotograf mit seiner Rechnung später, schweinemäßig, Märchenprinzessin und Prinz vor dem Schloß mußte sein, für die Erinnerungen und die Enkel, wir waren auch nicht übel damals. Nicht ganz so schön. Gutes Mittelmaß. Wie mir die Zeit davonläuft. Eben noch ist man jung, und schon wackelt der Kopf. Immer die kranke Schulter, die wehen Beine, der olle Arzt.

Komm runter, Mama, singt Bianka, die eben reinkommt, hör

auf zu winseln. Die Zeit für Weicheier, für Warmduscher und Schattenparker ist vorbei-hei! In Krankheit verpissen gilt nicht, laß das Rauchen nach. Fithalten ist die halbe Miete. Fensterputzen kann jeder. Raus aus dem Kittel und den Gummistiefeln, ran an die Geräte, alles einmal durchbewegen, und ab auf die Sonnenbank, nur im Gesicht und an den Armen braun sieht kacke aus, sorry. Echt kacke, Mama. Was machst du, wenn du mal sechzig bist. Dich stellen sie in die Horrorecke vom Playboy.
Fröhlich, umgänglich und aufgeschlossen, so steht das in deiner Beurteilung, sagt Gerda. Wo nehmen die das her.
Ist was, fragt Bianka. Entspann dich.
Wirst noch an mich denken eines Tages. Am Alter kommt keiner vorbei, du auch nicht. Welken müssen alle.
Okey dokey, sagt Bianka, aber vorher schaffen wir die Zeit ab.

*

Marie sieht ihren Mann mit Argusaugen an. Rupert, der viel älter ist als sie, bückt sich mit Vorsicht, schimpft über Treppen, immer mal tun ihm die Beine weh. Wo Marie geht und steht, sieht sie Extreme, die schöne Jugend entweder oder Krankheit, Alter, überall kurven Rollstühle, sind Zipperlein, Tatterich, Welken und Auflösung noch und noch. Auch lütten Jakob wird in hundert Jahren tot sein.
Rupert und alle anderen sind vorgeschoben. Marie eiert um den Mittelpunkt der Welt, der sie ist, ob sie es will oder nicht. Alle anderen sind eine Ausrede, sich um sich selbst herumzudrücken. Es sind die Beine, die vor allem, die ihr weh tun. Mutter neigt zu Krampfadern, und so was erbt man gern. Dazu kommt die sitzende Lebensweise, die Nikotinabhängigkeit, der Vater hat mit neununddreißig Jahren die letzte Zigarette geraucht, er ist konsequent, Marie mit ihren vierzig

schafft es immer noch nicht, aufzuhören, böse Folgen sind längst überfällig. Schmerzen, wie lang hat sie die eigentlich schon. Wer es nicht schafft, das Rauchen nachzulassen, braucht erst gar nicht zum Arzt zu gehen. Raucher beim Arzt sind eine Unverschämtheit. Seit Monaten traut sie sich nicht, eine Praxis zu suchen, in Schuldgefühlen verzerrt. Aber da ist was mit den Beinen, unleugbar. Was als harmlose Durchblutungsstörung angefangen hat, war harmlos nur scheinbar. Es ist ein Krebs, weit fortgeschritten. Metastasen bis in Haut und Haar. Unheilbar. Man kann Rupert keine tote Frau zumuten. Auch nicht den alten Eltern eine tote Tochter. Man ist verdammt zu leben. Der Krebs muß weg. So geht Marie, als sie in Hamburg Aufnahmen beim NDR zu machen hat, auch noch zur Praxis des Internisten, sie bittet um einen offiziellen Termin. Der strenge Freund soll ihren Krebs bestätigen, dann kann sie weitersehen. Dann wird sie einen Weg finden, es Rupert beizubringen. Oder der Freund soll ihren Krebs in Luft auflösen. Man wäre keine zusätzliche Last für andere. Im Sprechzimmer steht auf dem Schreibtisch eine Vase mit Sonnenblumen. Marie bleibt schonend bei den Fakten. Sie überfällt den Freund nicht gleich mit ihrem Wissen. Der Freund hört sich das mit den Schmerzen in den Beinen an. Er horcht, klopft, mißt die Pulse. Alles, wie es sich gehört. Pulse kann jeder. Marie überwindet die Scheu, zeigt auf die Rückseite der Oberschenkel, wo sie den Anfang vom Ende im Spiegel besehen hat. Ja, fragt der Freund, der sich verstellt. Er verfärbt sich nicht beim Anblick des Anfangs vom Ende. Sie muß es also selbst aussprechen. Hautkrebs. Nekrotisches Gewebe, sagt sie. Die braunen Flecken hier im Hellen sind überdeutlich! Mit beiden Händen fährt der Freund sich übers Gesicht. Marie, fragt er dann, bist du nicht unter die Jogger gegangen? Du läufst doch neuerdings. In Shorts vermutlich. Siehst du die Sonne draußen? Haut reagiert mal so, mal so. Es hat mit Pigmenten zu tun. Und sonst? Wie geht es deinen Eltern? Du fährst bald wieder runter? Grüß das Rheinland. Grüß Rupert. Braucht er wieder Zantic für den Magen? Der strenge Freund stellt ein Rezept für Rupert aus. Und du, er wirft ihr einen Blick zu, du sollst schön und gut leben. Das wäre erst mal alles.

*

Stopf stopf aus diesem Dunkel ist nicht Flucht
Das ist Vaters Handschrift. Post von den Eltern. Klein gequetscht steht Vaters Zitterschrift auf einem Zettel, getippt von Mutter, von ihr unterschrieben. Keine Unterschrift vom Vater. Er ruft. Geh antworten!
Stopf stopf aus diesem Dunkel ist nicht Flucht, es ist kein Ruf. Wann hat er je gerufen, ein Turm ruft Töchter nicht. Er hat es vor sich hin geschrieben. Eine Selbstverständigung.
Aber abgeschickt mit der Post, eine Nachricht, gib Antwort. Er will keine Antwort. Immer weicht er aus, in die Sicherheit der Analyse des Städtebaus einst und jetzt. Immer wedelt er weg. Annäherung erträgt er nicht. Er ist ein beschweigendes Reden.
Stopf stopf aus diesem Dunkel ist nicht Flucht
Oh, mein Vater, wenn ich Sie erriete. Doch nein, das wollen Sie auch nicht.
Diskursanalytische Deutungsansätze zu Lessings Emilia beleuchten im Unterschied zu ideologiekritischen, die das Versagen des Bürgertums thematisieren, die Stellung des Subjekts in seiner Rede und fragen nach Emilias Begehren. Ungerufen die Erinnerung an eine Prüfung, die Sprache der Wissenschaft zwingt sich Bahn, ein Ausweichmanöver.
Marie sitzt mit Vaters Zettel im linksrheinischen Interregio zwischen Köln und Koblenz, sie hatte den Ausweg gewußt,

eine Antwort gewußt. Aus diesem Dunkel ist die Flucht ein Ausweg, aber die Antwort ist fort.
Sie war da, es hatte mit, womit zu tun, leuchten Türme? Oder war es ein Läuten, es war eine singende Sprache, es hatte mit Fluten von Licht oder Lied zu tun, Marie hastet dem Satz hinterher. Eben war eine Antwort da, hell, sie hätte gesagt, sie würde ihm sagen, Flucht nicht, doch, entfliehen, frei, wie läßt es sich schön und gut leben, wenn einer sich quält mit dem Sterben, aber das war es nicht, das ist nicht die Antwort.
Regen schlägt gegen das Zugfenster. Dämmerung, November. Schwere Wolken verdecken das Schiefergebirge auf der andern Rheinseite, der der Eltern. Im Interregio Norddeich-Mole – Karlsruhe ist der hinterste Wagen fast leer. Marie schmaucht vorbeugende Zigaretten, trinkt Tee aus der Thermoskanne, es ist still und warm, die Lämpchen drinnen sind angegangen, nächster Halt Remagen. Sie hat die Beine hochgelegt auf den Koffer, greift zur Zeitung, fast überall in den Feuilletons gibt es Bedenklichkeiten zu lesen. Sie wünschte, das Denken würde nicht Anschläge brauchen. Die Minibar ruckt vorbei, der Kurde, der sie betreibt, erkennt Marie wieder, wieder wie sonst? Schokolade ist gut für die Nerven. Auf der anderen Rheinseite fährt ein Zug in Gegenrichtung, hell erleuchtete Fleckchen die Fenster, traulich, hieß das früher. Marie fühlt sich in ihrem Zug ganz wohl. Der Zug ist ihr Zuhause.

*

Der Vater steht nicht auf, als die Tochter da ist. Er bleibt weiter auf dem Bett liegen, wedelt mit beiden Händen, küßt dreimal an ihr vorbei, hallo, Zwei, ach was, Drei. Formalitäten sind im engsten Kreis nicht nötig, sagt er, Formalitäten wie Aufstehen. Drei soll die Bahn von den Händen waschen und ihm sagen, wie es steht mit den Prinzessinnen. Werden fetter von Tag zu Tag, träumen von ihren Prinzen, jubeln über mitgebrachte Erdnüsse, so lügt Marie dem Vater ins Gesicht. Seit es draußen kalt ist, hat sie die Schweine nicht mehr auf der Weide laufen sehen, mit dem Auslauf der Schweine ist es vorbei. In ihren letzten Lebenswochen werden sie im Koben gehalten, sie nehmen noch tüchtig zu, bis sie zum Schlachter weggebracht werden. Davon will die Tochter nicht an Vaters Bett sprechen. Die Mutter will von Israel hören. Der Vater sagt, Israel kann ihm gestohlen bleiben. Er fragt sich vielmehr, ob er die Pillen für das Herz doppelt genommen hat, sein Herz scheint zu stottern. Mutter und Tochter wechseln Blicke. Israel steht auf einem anderen Blatt. Die Mutter kontrolliert die Pillendosen, ich selbst, ruft der Vater liegend, ringt mit den Armen, ich selbst will es wissen. Flatternd greift er in die Luft. Mutter gibt ihm die erste Dose, sie fällt ihm aus der heddernden zitternden Hand. Rollende Pillen, Mutter und Tochter lesen sie auf, der Vater zählt nach. Es hat seine Richtigkeit, sagt er. Alles in schönster Ordnung, sagt die Mutter. Und jetzt erzählst du deinem Vater einen Schwank aus deinem Leben, sagt sie zur Tochter. Es ist noch früher Abend.

Die Mutter bereitet das Essen vor. Sie ist in der Küche allein. Vielleicht ist es für sie eine Art Pause. Kann sein.

Marie sitzt an Vaters Bett, nah, im Sessel. Das Bett im Schein der Stehlampe wird eine Landschaft. Bergausläufer, Hochland, das Hochland ist Vaters schwerer gedellter Brustkorb, das Hochland fällt ab, Richtung Kopf, Richtung Bauch. Da war einmal ein Bauch. Ein weicher Berg, der Fußball hieß oder so.

Das Kind Marie steht aufrecht unterm Tisch im Eßzimmer, vom Mittagessen hängt ihr noch das Lätzchen um den Hals, sie ist bereit, ins Wohnzimmer zu rennen durch die Schiebe-

tür, sie sieht die Vaterkugel auf dem Sofa liegen. Sie trippelt los, durch die Schiebetür, rennt, und sie erklimmt die Vaterkugel atemlos, die Kugel hüpft vor Lachen, Marie ist das Echo des Lachens, hallt nach, die Welt ist ein Hall und ein Hüpfen, nichts fällt aus der Welt. In diesem Zutrauen wagt sie sich vor, ihr Finger geht zu Vaters Nasenlöchern, Finger weg, das Vaterwedeln, Kinder dürfen nicht in Vaternasen bohren. Leise auf die Nase tippen gilt. Das Kind tippt Vaters Nase, tupft sie, und strampelt schon wieder zurück auf den Boden, zurück zum Eßtisch, und los zum hüpfenden Lachen, das Kind stürmt der Kugel entgegen, noch mal, noch mal.
Vorbei. Wo die Kugel war, ist ein Tal, darüber wölbt sich krumm der alte Rippenberg, im Schein der Stehlampe im Schlafzimmer.
Marie wollte nicht noch mal Kind sein. Es ist jetzt auch ganz gut. Sie erzählt dem Vater was, sie fragt ihn was. Auch die Frage weißt du noch kommt vor, irgendwie. Wie soll ich nicht wissen, sagt der Vater, ich weiß noch, alles. Wenn du mir eine Freude machen willst, hilf Mamska beim Mittagessen. Es ist alles zuviel für sie. Sie verliert die Contenance. Man darf es ihr nicht übelnehmen. Hilf ihr mit dem Essen. Ich bin müde.
Immer noch ist es früher Abend.

*

Sei unser Gast und segne, was du uns bescheret hast, Amen. Der Tisch ist schön gedeckt. Die schöne Damastdecke, das schöne Rosenthalgeschirr, schön auch die geschliffenen Gläser. Die Mutter gibt dem Vater seine Serviette, Lätzchen, sagt der Vater, ts ts. Hier hat jeder eine Serviette, beschwichtigt die Mutter. Für den Schnupfen gibt es Taschentücher. An allen Plätzen in der Wohnung, an denen der Vater sich aufhält, liegen Taschentücher.

Die Mutter schenkt Wein in die Gläser, Marie soll einen Trinkspruch sagen. Sie hebt ihr Glas, verhaspelt sich, der Vater hält seins mit beiden Händen, Wein schwappt, was wünscht man, sie wünscht alles Leichte. Leicht gesagt, murmelt die Mutter, auf dein Wohl, Papilio, sagt sie, und auf Marie, die sich trotz ihrer vielen wichtigen Termine mal wieder sehen läßt, leider nur kurz. Katrin kommt wahrscheinlich später auch noch, sagt die Mutter. Neulich saß sie hier bei uns, und mitten im schönsten Scrabble kommt von ihr aus tiefster Herzensbrust, wie lieb ich euch habe. So hat Vier gesagt. Jetzt wollen wir es uns schmecken lassen. Drei stürzt ihren Wein runter.

Das Abendessen ist vorbereitet in kleine Portionen und Happen, keiner muß viel streichen und schneiden. Besteck und Teller klappern, es wird gekaut und geschluckt, möchtest du, nimm noch, ganz frisch vom Markt, um diese Jahreszeit schwer zu kriegen. Der Vater steht auf. Sein Rücken, die Brust, die Hüfte, die Luft, länger als eine Minute kann er nicht sitzen. Er hält die Hose fest, deren Knopf offensteht. Knöpfe, Hosenträger, alles drückt und tut weh. Er hält seine Hose fest, hängt klein über den Tisch gebeugt, gestützt auf die schorfigen Unterarme. Die Mutter cremt sie ihm vergeblich ein. Vaters Gesicht ist eine Verzweiflung. Nun störe ich auch die Tafelrunde, sagt er, und Mutter und Tochter sagen, nein, nein. Wir sind unter uns. Nur, bitte, iß von dem schönen Geflügelsalat, im Stehen rutscht es leichter, die Mutter häuft zwei kleine Gabeln auf seinen Teller. Das Taschentuch, ruft sie, der Vater sieht sie verwirrt an, sucht, der helle Nasentropfen ist schon auf den aufgekrempelten Ärmel von seinem Wams gefallen, nicht schlimm, sagt Marie. Die Mutter tupft den Flecken ab, legt noch zwei Stückchen Brot auf seinen Teller, bitte, sagt sie, er protestiert, soviel schafft er nicht. Er

tastet nach der Stuhlfläche, nach der Stuhllehne, Marie und die Mutter im Halbsprung, daß er nicht ins Leere fällt, der Vater plumpst ins Sitzen zurück. Die Mutter hält ihm seine Gabel vor den Mund, der Vater öffnet den Mund. So geht es doch ganz gut, fragt sie. Er nickt etwas. Es ist nur sehr viel. Noch ein bißchen. Bitte. Der Vater schließt die Augen. Sehr gut. Nur so müde. Im Wohnzimmer klingelt das Telefon, Marie soll gehen, Herr Becker ist dran. Die Mutter nimmt Marie den Hörer ab. Marie sieht den Vater, klein und krumm sitzt er vor seinem Teller. Sie werfen sich einen Blick zu. Mit einem Haps verschlingt Marie die beiden Brotstückchen, die seine sind. Der Vater lächelt. Da bin ich froh, sagt die Mutter später, du hast anständig aufgegessen. Sie prosten sich alle drei zu, sie sind froh.
Nicht, daß ich nicht ganz genau wüßte, was ihr hinter meinem Rücken treibt, sagt die Mutter beim Spülen zur Tochter, ich kenne euch.

*

Quasimodo? Der Glöckner? Das krumme Holzkerlchen mit dem geklebten Fuß, fragt die Mutter. Es war aus schwarzem Holz, sagt Jutta, ganz sicher. Marie hört sich um nach dem buckligen Mann aus dem Turm. Die Antworten sind unterschiedlich, widersprüchlich. Tante Gilgi sagt, natürlich kennt sie den Glöckner noch. Ausbund an Häßlichkeit, schlimmer als der Gekreuzigte. Eine beschriftete Tapete? Das sieht deinem Vater ähnlich. Aber du kannst sie nicht gesehen haben. Erstens warst du nie im Frankenring. Zweitens warst du zu klein. Drittens schreibt nicht mal dein Vater an Wände. Doch, hat Barbara telefonisch geschworen, als Marie sie fragte, es fing an mit Schwindet, ihr dunklen Wölbungen droben. Jetzt im Wohnzimmer der Eltern sagt Katrin zögernd, irgendwas war da mit freundlichem Äther. Ihr wart zu klein, bestimmt Tante Gilgi. Jemand hat ein Bild gemacht, ein Foto, erinnert sich die Mutter, aber sie ist nicht sicher. Es ist so lang her. Es liegt soviel dazwischen. Der Vater besinnt sich. Es strengt ihn an. Frankenring, ja. Soviel scheint klar. Drei und Vier sind erst später zur Welt gekommen. Doch, da war etwas mit dem Glöckner. Wo ist er? Es war vor der Zeit mit Mamska, ich nehme an, es war vorher. Zur Zeit vom Feuerflämmchen? Sie hat mich Wasserfall genannt. War sie es? Immer habt ihr Alkohol gepanscht, ruft Tante Gilgi. Quasimodo müßte inzwischen im Gläserschrank stehen, unten bei den Vasen, sagt die Mutter. Wir waren nur Männer, als wir an die Tapete geschrieben haben, erinnert sich der Vater, dein Patenonkel war auch mit dabei, oder war er es nicht? Wir waren übermütig, es war eine dieser ahnungsvollen hellsichtigen Nächte. Ach, es war nichts, es war alles Geschwätz. Spät siehst du es ein, sagt Tante Gilgi, du hast dich zeitlebens berauscht an Fantasie und Firlefanz. Er ist an Sachlichem interessiert, knurren die Mutter, Drei und Vier gegen die Tante. Der helle oder dunkle Glöckner aus dem Turm stand krumm mit verschränkten Armen und mit gebrochenem geklebtem Fuß. Ist er ein Bild, ein Foto, in welchem Zimmer, wo hat er gestanden? War er aus Holz? Bemalter Gips? Und sein Gesicht zerfurcht und hinter ihm die Schrift. Schwinden sollen dunkle Wölbungen. Freundlich soll blauer Äther sein› Wer hat es geschrieben, man müßte das Bild wiederfinden, irgendwo müßte das Bild noch sein, wer hat dem krummen Mann freundlich den Rücken gestärkt, wer hat ihm was an die Seite gestellt, Marie sieht die Schriftzüge wieder vor sich, ihr Mund geht auf. Das ist die Schrift der Mutter! Nun wühlt nicht immer in düsteren alten Geschichten, sagt Tante Gilgi, ihr wart zu klein. Als sie endlich weg ist, als die Mutter mit den zwei jüngsten Töchtern in der Küche aufräumt, als sie zu dritt die Tante zerrissen haben, entschuldigt sich die Mutter. Ich kriege es nicht mehr zusammen, was damals war. Wer weiß, sagt sie. Es ist wie ein Husch.

*

Ein anderer Tag. Die Eltern sind allein zu Haus.
Der Vater, vielleicht. Vielleicht redet es in ihm so.
Es ist ein Kokon um einen. Alles ist aber da. Da sind meine Pantoffeln, Mamska hält sie zum Hineinschlüpfen. Da sind die beschwerlichen Hosenträger. Da sind die Pillen, die geschluckt werden müssen von Stunde zu Stunde. Mit Wasser oder ohne. Immer will was erledigt werden. Jetzt die Pantoffeln. Die Füße da rein. Ihr zuliebe. Sie hockt da, sie hält die Pantoffeln. Später gibt es die Zeitung. Wie schreiben sie all diese Zeitungen voll. Sie überfüllen die Welt, die still ist. Bald weiß ich nichts mehr. Ist die Welt ein Gesang? Ist die Welt eine Stille? Mancher wollte zur Ruhe kommen, aber der Darm in all seiner Stille gibt keine Ruhe. Er steht unter Verdacht. Mamska, Hilfe. Das Gift aus dem Körper. Weg mit dem Gift. Mamska verwaltet Herrn Sirup. Sie ist Herr über Saft und Gift. Bitte, Mamska.
Es ist aber still überall. Meine Mamska, wo ist sie?
Sie steht da mit dem Löffel. Eingeschlafen. Kann sein. Da kommt der Herr Löffel. Den sie in der Hand hat, den sie beherrscht. Gleich flüchtet das Gift aus den Därmen.
Ich werde singen den großen Gesang,
Andra moi ennepe, Mūsa, polytropon, hos mala polla
planchthē, epei Troiēs hieron ptoliethron eperse;
pollōn d'anthrōpōn iden astea kai noon egnō.
Du arbeitest gegen mich!
Eine Stimme, hart, was hat die Stimme. Hart ist auch etwas im Rücken. Kalt. Ein brauner Löwenfuß zur Seite. Es ist der grüne Sessel, sein braunes Bein. Es ist das Wohnzimmer, der

Teppich. Man kann sich am Löwenbein festhalten, sich hocharbeiten, mit Mamskas Hilfe. Der Sirup ist weg. Ein Rest nur noch im Mundwinkel. Das Gift ist alles weg. Alles voll braunem Matsch. Scheiße. Du arbeitest gegen mich, ruft Mamska. Sie ist ein rotes Gesicht. Ich bin nur eingeschlafen. Warum kannst du nach dem Löffel nicht ein bißchen wach bleiben, ruft sie. Warum kannst du nicht wach bleiben die kleine Zeit bis ins Bad. Was machst du auf dem Boden. Warum rufst du nicht.

Sie ruft rot. Sie verzweifelt. Mamska, Mamska.

Ganz wach war ich!

Alles ist brauner Matsch. Ach. Ach.

Später. Zwei Alte, weißhaarig beide, halten sich an den Händen.

*

Nachts im Elternschlafzimmer.

Immer schläft der Vater unruhig. Immer liegt die Mutter wach.

Die Mutter, vielleicht.

Er schläft immer unruhig, schmatzt, japst, murmelt, reibt den Kopf hin und her, wischt mit Armen und Beinen. Wie ein Fisch auf dem Trockenen. Ausgerechnet du mit deinem heißen Blut. Das Zappeln nachts liegt an der mangelnden Bewegung tagsüber, nachts rächt es sich, du bist freiwillig keinen halben Schritt gegangen, wenn nicht irgendwo ein Limes winkte, und inzwischen ist es dir zu mühsam, rechtzeitig ins Bad zu gehen. Nein. Entschuldigung. Zurück, das nehme ich zurück. Immer rutscht mir die Zunge aus, er hört es nicht, du schläfst, entschuldige trotzdem, ich will dich nicht angreifen, nie. Ich möchte schlafen. Alle Kräfte für den nächsten Tag, nur daß die Kräfte weg sind. Nach der Operation wird auch für Sie das Leben leichter, sie haben einen nach Strich und

Faden belogen, ich bin ganz allein, die Kraft war weg und du auch, immer hast du mit mir gesprochen und dann war Sendepause von einem Tag auf den anderen und ich war allein, allein mit ihm, allein ohne dich, du warst weg wie nie dagewesen, Herr Gott meiner Stärke. Kein Gott meiner Schwäche. Warum verstößest du mich, singen kann so was jeder. Verstoßen. Weil es dir stinkegal ist, wie es geht mit mir, weil es dir nicht nur stinkegal ist, sondern weil du nicht mal weißt, was los ist hier in der Schwäche, mein Mann ist los, ich bin los, abgerissen von Sinn und Verstand und Zukunft sind wir, wir sind das irre Wanken durch Augenblicke, nur das sind wir noch, Bad, Pille, Puls, Luft, die Balkontür, jetzt offen, jetzt zu, jetzt gekippt, es ist zum Ersticken, es zieht, es ist ein Irrewerden langsam, ich muß den Verstand behalten, kalte Nachtluft. Sie zieht rein, sie tut gut, ich muß die Balkontür gleich zumachen, aufstehen noch mal, sonst holt er sich was weg. Das fehlt noch in der Raupensammlung. Kalte Schlappen. Warme Federdecke. Schlafen, bald schlafen, aber wie kann ich schlafen, wenn alles voller Gedanken ist? Wie kann ich es gut machen? Gut machen ist schon lang nicht mehr die Frage. Für einen, der nicht sagen kann, was gut ist. Ich habe Angst, es falsch zu machen, alles. Gerade in der letzten Zeit. So kribbelig, so unduldsam, er muß es merken, selbst wenn man sich den Mund verbietet und das Flattern, selbst wenn man alles wegdrückt unter die Haut. Was kann man wissen? Nachts wimmeln die Gedanken, die Fragen, die Zweifel, sie wimmeln unter der Haut, wollen raus. Wisch sie weg mit Armen und Beinen, verscheuch meine Plage, hilf mir, du schläfst immer unruhig, kämpfst mit gottweißwas, bist du an meiner Seite im Schlaf? Wir gehen Hand in Hand. Schön wärs. Wir würden es gut machen, Mann, immer weiter, schön wärs. Wer wir? Ich bin allein, wie du. Ein Fisch bist du nie gewesen, das kann man von dir nicht sagen, kaltes Blut. Ein altes Boot liegt im alten Hafen und sieht aus alten Augen nach draußen, ins Offene. Leinen los! Es ist eine helle Stimme, die ruft. Oder bist du es mit der dünnen hohen Greisenstimme? Wir haben beide gerufen, jahrzehntelang her, helle Stimmen im Boot am Ufer vom Laacher See, ich habe das Kleid mit den Tupfen getragen, draußen hast du die Ruder ins Boot gelegt, es war ein einziges Schaukeln, wir waren zu zweit, es war gut. Aber das jetzt, das hier, das ist keine gute Fahrt raus ins Offene, was müßte jetzt sein, daß man sagt, es ist gut? Keine Ahnung. Gott kriegt den Mund nicht auf. Nachts bin ich so allein wie nie. Leinen los ist leicht gesagt. Tatsächlich habe ich darüber nachzudenken, ob und wann du ein Pflegebett brauchst und kann es mit dir nicht besprechen. Gott, ich werfe es ihm nicht vor, das zu besprechen würde seine Angst vergrößern, er will lieber reden vom Limburger Dom. Aber ich muß die Entscheidung treffen, gestern wärst du beinahe aus dem Bett gefallen, nicht gut. Aber was wäre gut? Was soll man tun? Ein praktisches bequemes hohes Pflegebett mit Vorrichtung zum Gittereinbau, damit du nicht rausfällst? Sie sollen jetzt Modelle schon aus Holz haben, aus abwaschbarem Holz, aber es wäre wie ein Eingeständnis, daß es weiter runtergeht, es wäre fremd und deshalb bedrohlich und zusätzlich noch mal bedrohlich, weil Käfig und Gefängnis. Freiheit, du führst gern das große Wort im Mund, da bin ich deine kleine Einengung, nie hätte ich gedacht, daß Freiheit schon anfängt beim Taschentuch. Du friemelst den ganzen Tag mit den Tempos, gestern oder heute oder vorgestern hast du beinahe den ganzen Tag im Schlafzimmer gelegen, nicht gut, wenn du mich fragst, aber wer weiß, und unter deinem Kopfkissen die abertausend Taschentücher, als du aufstehst, schüttel ich das Kissen auf und räume die verknüllten Tücher weg und lege frische hin und falsch, und Fehler, nicht gut, die Mißachtung deiner Freiheit, deine Tempos waren es und waren nur verknüllt und nicht verschnaubt, ich hab mir angemaßt, Entscheidungen zu treffen, anstatt dich zu fragen, hinterrücks eng ich dich ein in deiner Freiheit, ich habe mir dabei nichts gedacht, es tut mir leid, Entschuldigung, ich wollte dich nicht einengen, ich möchte raus. Entschuldigung. Zurück, das nehme ich zurück. Ich bleibe bei dir so wie du bei mir. Gott steh uns bei. Wir bleiben beieinander, mein Mann und ich. Nur die Tränen laufen raus und weg und fort. Das dumme Selbstmitleid, wie viele andere erfahren Schlimmeres, die Leute in Afghanistan leben auf Minenfeldern, man selbst muß sich schämen. Man sollte danken für den Tag, der keine Katastrophe war, Durchfall ist keine Katastrophe, Papilio hat schön gegessen, ich habe sogar eine halbe Stunde Zeit gehabt, Klavier zu spielen, kein Grund zur Klage. Einkaufen müßte man auch für sich allein, und die Putzfrau ist nicht dafür da, unsern Dreck wegzumachen, sie hat zu Haus genug zu tun, das Bad und die Küche schafft man immer noch selbst, das ist im Grunde keine Arbeit. Arbeit kann man es auch nicht nennen, ihm zu helfen beim Anziehen, Waschen, Essen, man soll froh sein, daß man helfen kann. Irgendwas stimmt nicht mit diesen neuen Herzklappen. Kommt nicht in Frage, deshalb jetzt zum Arzt zu rennen, du hast Angst, allein zu sein, man muß sich schon beim Einkaufen beeilen und hat Angst, was ist mit dir, wenn man zurückkommt. Himmel, hilf. Was darf man hoffen? Soll man hoffen, daß das Herz sich wieder einrenkt, so, daß man ihm weiter helfen kann? Soll man hoffen, daß die Katastrophe bald eintritt und einen gleich in einem Aufwasch mitnimmt, daß sie für beide zusammen kommt, damit man endlich Platz macht für die vielen armen wohnungslosen Penner, nein, sagst du. Undankbar dem Leben gegenüber, sagst du. Du sprichst mit mir, jetzt manchmal läßt du dich herab, mein Gott, das nehme ich zurück, Entschuldigung, aber es könnte gerne öfter sein, du sollst auch der Gott meiner Schwäche sein, denn manchmal ist der Zustand unerträglich, aber was heißt schon unerträglich. Unerträglich heißt nicht Schluß Aus Ende, man wankt so weiter, man sieht seinen Nächsten wanken, man ist in der Schwäche und hat es doch noch sehr gut, man weiß nicht, du wirst es wissen, alles sehr schwer begreifbar, wer greift ein, er kriegt manchmal kaum Luft, er ist so abwesend, er scheint kaum eine Freude mehr zu kennen, dabei bin ich es selbst auch manchmal leid, ihm anzukommen mit Musik und Blumen, manchmal wollte ich auch alles fallen lassen und gleich hinterdrein versacken, aber es wäre ein Unrecht, man darf es nicht denken, man soll sich in seiner Haltung nicht gehenlassen, auch in Gedanken nicht, man muß versuchen, respektvoll zur Welt zu denken, hilf den armen Leuten in den USA und in Afghanistan, hilf unsern Kindern, die es auch nicht leicht haben, und hilf Papilio, damit er Luft kriegt und sich nicht noch quälen muß bei Nacht, er schläft immer so unruhig.

*

Staunen. Erschrecken. Weglaufen. Hingehen. Dort sein. So ist Marie vor Weihnachten wieder bei ihren Eltern. Es gibt nichts zu sagen. Jeder, der hier ist, kann wissen, was los ist. So übers Jahr. Vielleicht schämen Vater, Mutter und Tochter sich für ihr Wissen und voreinander. Sie sind ihr übliches, ihr beschweigendes Reden.

*

Ein Mittagessen ist wieder geschafft.
Mittagspause heißt die Zeit, in der Vater und Mutter und Tochter nicht sprechen.

Die Mutter entscheidet jeden Tag, ob sie sich zum Vater ins Schlafzimmer legt, oder ob sie das Gästebett nimmt, um sich hinzulegen. Da hat sie mehr Ruhe, horcht nicht mit fliegenden Ohren nach dem Vater. Was aber, wenn sie von ihm nichts hört. Die Mutter hat auf dem Gästebett also auch keine Ruhe.
Marie auf dem Balkon, in den Mantel verkrochen, sie schnattert Zigaretten, unten auf der Straße treibt naßkalter Wind Papier und Plastiktüten vor sich her. Schülergruppen trödeln nach Haus, die Jungen und Mädchen tragen ihre Jacken offen. Immer noch scheinen geschlossene Jacken im Winter unmöglich zu sein, das Letzte. Als Marie zur Schule ging, lag auch in der Stadt im Dezember meist Schnee. Hinterm Schulhof bei der Weitsprunggrube erste Spuren in den unberührten Schnee zu legen, es war im Weiten Weißen schön.
Die Mutter liegt auf dem Gästebett, Marie sieht sie durch die Balkontür. Die Mutter liegt da mit ihrem weißen Haar, mit geschlossenen Augen, sie liegt auf dem Rücken, die Hände sind über dem Schoß ineinandergelegt, sie rührt sich nicht. Die Tochter erschrickt.
Das hohe Rufen, Mama, Mama, und der Mantel, den die Mutter abgeworfen hat im Laufen, und nicht schlimm, war zu verstehen, diesmal nicht schlimm, die Badezimmertür hat sich hinter den Eltern geschlossen, du packst schon aus, Salat ist naß, läßt sich schlucken, es war gerade eben, heute, Dezember 2001, jetzt ist die Mittagspause. Es ist ein Mittagsschlaf, den die Mutter hält, was daran zu sehen ist, daß ihre Brust sich hebt und senkt. Sie würde ihren Mann niemals im Stich lassen. Der Blick durch das Glas auf die Mutter, erschrocken.
In sich eingeschlossen liegt die Mutter in der Pause in der kleinen Zeit. Im unumstößlichen Familiengefüge hat sie ihren festen Platz, von dem sie sich nicht rühren darf, die Mutter, Herzensmensch, sie hält den Laden zusammen. Das ist

die Aufgabe von Müttern. Väter sind alles in einem, sie sind alles mögliche, vom Angeklagten bis zum Scharfrichter. Sie sind Tyrann oder Tynarr. Du bist wie dein Vater? Töchtern gibt das zu denken. Es klingt gemischt. Du bist wie deine Mutter? Kicher, Kreisch, Seufz, Schluchz. Gefühle brechen aus, gemischte Gefühle, es ist eine andere Mischung. Mütter sind Extremisten, sie sind ohnmächtig und allmächtig zugleich. Einerseits werden sie verhöhnt, im Mittelpunkt des Lebens dieser Ohnmächtigen wehen Windeln, andererseits fürchtet man ihre Allmacht, siehe Bert Brecht, siehe Heiner Müller, die bizarrren mütterfeindlichen Passagen. Eine Mutter gilt als Witz, sie segelt umstandslos vom Thema Blauhelme zum Thema Fußpilz. Eine Mutter ist ein Traum, eine Trauer, eine Mutter reißt hin und her, sie ist gemischt, woraus besteht eine Mutter? Maries Mutter liegt auf dem Gästebett in der Pause. Pause heißt, es geht weiter. Sie wird aufstehen und weitermachen mit Vater und sich, sie wird den Laden zusammenhalten, das Auto schön tanken, den Tisch schön decken, den Vater und sich schön anziehen, schön reden, Ameise mit der Buckelnarbe, eine Ameise, die nicht aufgibt.
Durch die gläserne Wand der Blick auf die Mutter, die in der Pause liegt, in der kleinen Zeit ihrer dreiundsiebzig Jahre ist sie allein, wie jeder wäre sie alles in einem, solange es geht. Ihr Atem hebt ihre Brust und senkt sie.
Man wendet den Blick ab. Als wäre ein Blick ein Zunahetreten. Man umfängt die Mutter mit Blicken. Verstohlen, verschwiegen. Seltsam, wie in Familien oft alle freundlicher und klüger sind für sich allein als zueinander. In dieser Familie sind sie fast alle mehr oder weniger ein beschweigendes Reden.
Man hat es sich angewöhnt, die Augen zu senken, die Eltern mit Blicken nur zu streifen. Denn wie wäre ein Blick, der Schmerzen erkennt. Der würde bald verschwimmen.

Die Mutter ist dann nicht mehr im Zimmer. Sie ist im Elternschlafzimmer und sieht nach dem Vater. Wie lange er immer schläft. Wir wecken ihn, wenn der Tee fertig ist. Wir wecken ihn, wenn wir zurück sind vom Spaziergang. Wir wecken ihn, wenn es zum Abendessen Zeit ist. Wie schnell er immer schläft. Wie lange.

*

Am Telefon ist abends Tante Gilgi. Mutters Ohren fliegen aus dem Telefonhörer nach nebenan, im Hörer schrillt die Tante, Mutters Ohren sind schon im Flur, da war etwas, Marie läuft raus. Der Vater liegt mit kugelrunden schreckerfüllten Augen vor dem Geoschrank im Flur. Ich bin auf die Schnauze gesegelt. Marie und die Mutter helfen ihm auf.
Nun trink ein Glas zur Stärkung, sagt die Mutter und gießt ihrem Mann Wein und Wasser ins Glas. Es ist ja wieder mal gutgegangen. Junge, Junge. Mehr Glück als Verstand. Wo wolltest du hin? Gib mir auch ein Glas, Marie, und nimm dir selbst. Blödsinn, Diakonie. Dein Vater fällt sanft. Papilio, du mußt ins Krankenhaus, wenn du was brichst. Am liebsten fall nicht. Und sonst fall bitte vorsichtig. Marie macht mit, sie sagt, der beste Schnauzensegler der Welt, rate, wer das ist. Du, Karlson, sagt der Vater stockend. Er weiß die Antwort noch. Im Kinderbuch der runde freche kleine Mann mit Knopf am Bauch zum Fliegen. Karlson der Könner tröstete über allerhand Abstürze, so war beim Monopoly-Spiel der beste Verlierer Marie-Karlson. Du, Karlson, war Familiensprache. Der Vater hängt über dem Tisch, er läßt sich über die Hand streichen und auf die Nase tippen, auch von der Tochter, er wedelt nicht. Keiner macht dir Vorwürfe, sagt ihm die Mutter, es sind die ollen Tropfen, von denen wirst du durcheinander. Sehr olle Tropfen, sagt der Vater.

*

Er liegt angezogen auf dem Bett, ein anderer Tag, und er ist eingeschlafen oder so, sein Unterarm lag erst über den Augen, dann pendelte er hoch, dann fiel der Arm unvermittelt, zur anderen Seite. Er krachte auf das Nachttischchen. Die Mutter und Marie sitzen in Sesseln nah an seinem Bett, der Arm des Vaters ist aber schneller, sein Handgelenk kracht auf das Holz des Tischchens. Beide stehen schon aufgesprungen, aufgesprungen, schon zu spät. Der Vater liegt reglos. Tut ihm nichts weh? Junge, sagt die Mutter, Mann, was machst du, tut dir nichts weh? Ja? Was? Der Vater öffnet langsam die Augen. Auf seiner Brille Fettflecken. Du hast dich gestoßen, sagt die Mutter. Ja? Die entlegene Stimme. Vaters Augen rutschen weg, und dann ist sein Blick langsam da. Der Vater muß sich zurechtfinden. Das gibt wieder einen Blötsch, sagt er.
Schon immer, schon seit vielen Jahren ist seine Haut voll Flecken. Blau und schwarz. Seine Haut ist zart. Er muß etwas Hartes nur ansehen, schon hat er einen blauen Fleck. Die Mutter hält Vaters Handgelenk fest und wärmt es mit ihren Händen. Dann geht sie in die Küche. Sie macht Mittagessen. Der Vater auf dem Bett, rutscht, ruckt das Kreuz, er flattert mit seinen weißen Fingern, will sie durchbluten. Seine Hände sind kalt. Aus dem Darm das Rumoren. Immer muß Gift aus dem Körper. Der krumme Rippenkorb hebt sich und senkt sich unruhig. Jap jap. Keine Luft. Der Vater setzt sich auf, er hustet flach. Man wollte für ihn husten können. Könnte man für ihn husten, Marie würde auch nicht rauchen, eine Woche lang nicht, einen Tag nicht, Marie raucht abergläubisch wenigstens die nächste Zigarette nicht, sie feilscht. Er hustet mit kleiner Kraft. Nichts löst sich, nichts befreit sich. Der Vater legt sich wieder hin. Das ist ein armer Mann, der da auf seinem Bett liegt. Die Tochter sagt, weißt du noch, am Dollart der Wind? Soviel Luft in der Luft. Im Wind sind Vögel, in

Vögeln ist Wind. Die Tochter sagt, sie wünscht dem Vater, daß er sich windig fühlt, luftig. Gleich will sie es zurücknehmen, weil der Vater aus seinen Armen und Handgelenken und Händen heddert und wedelt. Der Vater kommt gar nicht zu Wort, schon hat Marie verstanden, platzt los, sie als Kulturmensch soll ihm Städtebau erzählen anstatt Wind, aus grauer Städte Mauern soll sie erzählen, denn sie ist zuständig für den kühlen Kopf, warm sind die anderen Schwestern, die Gefühlsmenschen mit Herz und so, der Vater öffnet die Augen. Er dreht sie von der Zimmerdecke weg, er sieht sie an. Es ist alles anders, sagt er.

*

Alles ist voller Schnee im Rheiderland. Im Altenpflegeheim in Pogum sitzt die alte Mausekönigin am Fenster, sie wünscht sich ein Kind, ein weißes und schwarzes und rotes Kind. Dohlen wirbeln um den Kirchturm von Landschaftspolder. Ein alter Mann zieht einen Schlitten durch Weenermoor, in der rostigen Spur hüpft ein Kind ihm nach. Der Landkreis hat Schneepflüge losgeschickt. Einer kämpft sich leise weich die Hauptstraße entlang zur Emsbrücke. Abzweigung Kirchborgum steckt er fest, dann rammt und türmt er gegen den Schnee an, bis die Straße freigeschoben ist. Hinter dem Schneepflug die Streuspur aus Salz. Auf dem weißen Ackerland warten sechs Schwäne. Was machen jetzt in den Tiefs die Fische, unter der Decke von beschneitem Eis? Was ist aus den Fröschen geworden? Am Deich bei Hatzum lammt ein Schaf zur Unzeit.

Bei Marie zu Hause reicht die Schneewehe vor der Tür ihr bis zu ihren Kniekehlen. Sie schaufelt den Weg hoch zur Straße frei. Überall Schippgeräusche, alle Nachbarn sind guter Dinge, das gibt weiße Weihnachten. Aber wie kommt man jetzt mit dem Auto nach Leer zum Bahnhof, um Rupert abzuholen, der wieder unterwegs war? Marie schafft es, bis in den Dorfkern drei Kilometer weiter zu rutschen, zum Händler Klaus, dem goldenen Hamster. Die Straße ist hier spiegelglatt, vor seinem Laden setzt sie das Auto in die nächste Schneewehe. Der Händler lädt Gerda Honken eine Wasserkiste in den Wagen, er winkt Marie mit dem Ellbogen. Sie sehen die stiebenden wattigen dicken Flocken, sie sehen ins graue Treiben. Das geht jetzt erst richtig los, Leer kannst du vergessen, sagt Klaus, im Radio geben sie Schneesturm durch für westlich der Weser, und aus Jemgum hat eben sein Schwager durchgerufen, der Milchwagen hat sich quer gelegt, da läuft nichts, und wenn sie in Jemgum schon fertig sind, wie wird es in Bingum erst sein, von den Bingumern war noch nie viel Gutes zu erwarten. Sie nicken sich zu. Also zurück nach Haus, aber der Citroen sitzt fest, und selbst wenn er freikommt, wie könnte eine wie Marie hier drehen. Klaus setzt sich ans Steuer, schrummt das Auto auf die Straße, dreht sich dreimal schön im Kreis, bis der Wagen Richtung nach Hause steht. Jetzt rutschst du sutsche zurück, hoher Gang, keine Bremse, kein Lenken, sagt er, und so macht sie es. Als Ruperts Anruf vom Bahnhof her kommt, legt sie den Küchenofen gerade an. Es dauert noch zwei Stunden, bis er zu Haus ist, kein Taxi zu kriegen, viele Fahrer haben abgesagt bei dem Wetter. Der fünfundzwanzigste zwölfte ist Ruperts Geburtstag, und so verbringt Marie die Feiertage leider nicht im Rheinland, seit vierzehn Jahren schon nicht. Wir könnten auch gern einschneien. Barbara ist dieser Tage bei den Eltern. Am Telefon klingt ihre Stimme angespannt, besorgt. Marie denkt, ich bin in der Pause.

*

Wenn das Telefon geht um achtzehn Uhr vierzig, sind es die Eltern. Barbara, deren Besuch sie schön gefunden hätten, sei vormittags gefahren, sagt die Mutter, sie würde später noch in Hamburg anrufen. Vater sei wieder gefallen, sagt sie. Aus dem Bett. Sie selbst habe nachmittags am Klavier gesessen, wollte die neuen Noten probieren. Sie spiele neuerdings immer mit Dämpfer. Damit sie nichts sonst überhöre. Sie spiele auch nie lang. Sie sei also bald nach ihm sehen gegangen. Er habe neben seinem Bett gelegen, die Stehlampe umgerissen, er habe sie nur angesehen und kein Wort gesagt. Mit dem Mundwinkel stimme was nicht. Es sei nicht das übliche Fallen. Sie habe Jutta gerufen, dann den Arzt. Der Arzt habe Vater ins Krankenhaus bringen wollen. Schlaganfall, Hirnschlag, was auch immer, vor der Behandlung stehe die Diagnose, der Vater müsse ins Krankenhaus. Er habe die Augen gerollt und kein Wort gesagt. Eine Frau von der Diakonie sei dagewesen. Sie wisse auch nicht, sagt die Mutter, wie die plötzlich da war. Die Diakoniefrau habe den Vater gewaschen. Die könnten das aber. Plötzlich sei auch ein Pflegebett bestellt, das morgen geliefert werde, spätestens übermorgen. Sie wisse auch nicht, sagt die Mutter, wer das organisiert habe. So ein Patientenbett mit Gitter und allen Finessen, hoffentlich bequemer für den Vater, außerdem, das alte Mistbett, so niedrig, sei für sie selbst immer so schwer zu beziehen gewesen, ein Glück, daß Lisinka das Beziehen übernommen habe, Lisinka habe auch Weihnachtskekse gebracht, sie erstickten förmlich in Weihnachtskeksen, die von Marie seien köstlich, wie die von Lisinka, bei denen allerdings etwas fehlte, Koriander vielleicht, in Kasachstan werde wohl anders gebacken, wo Vater jetzt sei? Kind, nebenan, nicht im Krankenhaus, nein, sagt die Mutter. Hier ist er zu Haus. Kommen? Du warst doch erst kürzlich da, was willst du auch machen, man müßte erst einmal weitersehen. Sie habe den Arzt gefragt, ob er in solch einem Fall seinen eigenen Vater ins Krankenhaus liefern würde, die Frage habe ihm wohl zu denken gegeben, obwohl es anfangs nicht danach aussah bei ihm, sagt die Mutter. Als sie den Arzt kennenlernten, habe er gewirkt wie ein gedankenloser dummer junger Spund. So viele Leute wären in den letzten Tagen dagewesen, erst Zwei und Vier, jetzt Eins, jetzt der Arzt, die Frau von der Diakonie, es würde sie nicht wundern, sagt die Mutter, wenn sich noch mehr Leute eingeschlichen hätten in dieses Getümmel, die Diakoniefrau sei eine Fachfrau, eine Professionelle, warum das Waschen, das Waschen habe ihr selbst nicht ganz eingeleuchtet, es war nicht schlimm diesmal, da müsse man nicht gleich von oben bis unten, sagt die Mutter, der Vater habe aber mitgeholfen, er habe sich aus den Hüften gehoben, damit es mit der Gummiunterlage und dem Molton besser gehe, jetzt müsse man abwarten. Das mit dem Mund sei neu. Er rede nicht. Er scheine aber zu verstehen. Sie könne es nicht sagen. Erst mal müsse wieder Ruhe einkehren, das wäre das Richtigste. Daß all die Leute verschwänden. Ein sprachloser Vater sei seltsam. Ganz und gar verkehrt, ganz und gar nicht in Ordnung. Ohne Krankenhaus könne man das nicht klären. Krankenhaus komme nicht in Frage. Nun wollten sie erst mal die Nacht abwarten, Marie solle sich keine Gedanken machen, sie beide wollten jetzt erst mal Ruhe haben auf diesen Schreck. Hauptsache, all die Leute verschwänden, zuerst sei der Arzt gegangen, eben die Diakoniefrau, zuletzt Eins, sie, Mutter, habe nur kurz Bescheid geben wollen und müsse verschnaufen, bevor sie gleich Zwei und Vier anrufe. Dann wolle sie aber Ruhe mit Vater haben. Wenn der Schreck sich erst mal legte. Wenn man sie zur Besinnung kommen ließe.

*

Marie bespricht sich mit Rupert. In ihrem Kopf die Bilder lassen sich nicht gut in Wörter fassen. Die Bilder zeigen Dekubitusbetten, oder die Mutter am Boden und so. Marie und Rupert rauchen ihre letzte Zigarette draußen, die letzte vor der allerletzten an diesem Tag. Sie stehen am verschneiten Ufer des Tiefs. Vom Bauernhof gegenüber Kettenrasseln, schläfrige Kühe. Rupert fährt morgen früh gleich einkaufen ins Dorf, die Straßen sind frei, wenn du später zum Bahnhof willst, kein Problem. Sterne viele, es wird morgen schön.

*

Wenn das Telefon geht um sieben Uhr früh, ist es die halbblinde taube Hexe von nebenan, die sich immer verwählt und zahnlos Platt in den Hörer bellt. Marie dreht sich unter der Federdecke, die alte Nachbarin schrillt weiter, ist auch nur ein Mensch, Marie faßt nach Rupert, er fehlt, ist längst auf, unterwegs, sie findet ihre Brille, steht dann im kleinen Flur am Apparat, die Mutter ist am Telefon, es muß dem Vater schlechter gehen, vielleicht fährt man hin. Der Vater ist gestorben, sagt die Mutter. Das Telefon steht auf dem Schuhschränkchen, Marie hat es abgeschliffen, Flex heißt das Schleifgerät, Laien setzen immer zu fest damit auf, es gibt dann Ringe und Kreise, Schleifspuren, die Ringe und Kreise lassen sich sogar tasten, Ring an Ring, Kreis an Kreis, Runden in Runden, wenn die Mutter um diese Zeit anruft, geht es dem Vater schlechter. Vielleicht braucht er ein Sauerstoffgerät zum Atmen. Runterfahren, ihm auf die Nase tippen, ein Silberfisch läuft an den bloßen Füßen entlang, die Haut ist noch schlafwarm, gleich fährt man die beiden besuchen, der Silberfisch hat alle Zeit der Welt, der Silberfisch, der Silberfisch.

*

Wanderung an den Deich und an ihm entlang. Marie hat einen Zettel für Rupert geschrieben. Hat sich eingemummt. Dicke Socken, Gummistiefel, Mantel, Wollschal, Handschuhe. Taschentuch und Zigaretten nicht vergessen. Auf der Straße knirscht das Salz. In den Häusern der Nachbarn die kleinen Lichter aus Küchenfenstern. Nur langsam wird es hell. Marie biegt von der Straße ab auf den Schotterweg an den Deich, kein Schotter zu spüren, hier liegt der Schnee noch hoch. Treue schwarze Gummistiefel, rutschen nicht und halten dicht. Sie werfen Schneegeriesel auf im Gehen. Es ist still, dann keckert es unvermittelt, das bleiche Schilf im Schlot rauscht. Ein Fasan hat stillgehalten, entsetzt verborgen, als er Marie kommen hörte, jetzt bricht er aus dem Schilf, flattert ungeschickt weg. Als Ruhe war, hat die Mutter dem Vater zu trinken gegeben. Gestern abend. Erster Januar des neuen Jahres. Sie hat ihm im Bett aufgeholfen. Er hat etwas Schorle getrunken. Später lag er nicht unruhig wie sonst. Sein Gesicht war heiß. Als würde er schwitzen. Oder Fieber. Sie hat ihm sein Gesicht gekühlt. Er lag aber nicht unruhig, wie sonst immer. Gegen elf Uhr dachte sie, jetzt schläft er, sie hat sich auch hingelegt, und gegen zwölf dachte sie, er schläft gut, und später lag sie wach, immer wach. Er war immer ruhig und sie war immer wach. Sie dachte sich ihr Teil. Die Nacht schien ihr so lang. Und er war immer ruhig und sie war immer wach. Als es fünf Uhr früh war, fand sie, sie kann jetzt aufstehen, sie kann den Tag jetzt anfangen und finden was sie wußte was sie finden würde. Ihr Mann lag da verstorben und tot. Sie hat bei ihm gesessen und was man dann tut als religiöser Mensch. Was man so denkt und empfindet und wünscht. In der Wohnung über ihr sind die Nachbarn aufgestanden, sie hat ihre Schritte gehört. Dann hat die Mutter ihre weit entfernten Töchter Zwei und Drei angerufen, in Hamburg und im Rheiderland. Die Mutter sagte zu Marie, jetzt möchte sie Ruhe haben. Sie geht gleich wieder ins Schlafzimmer. Später wird sie Eins und Vier anrufen, sagte die Mutter, später auch erst den Arzt. Das hat alles Zeit. Wenn andere kommen, geht das Trara los, jetzt möchte sie erst noch Ruhe haben. Marie muß nicht kommen. Der weite Weg. Es ist jetzt vorbei. Bis zur Beerdigung wird es noch dauern. Ich gehe jetzt wieder zu ihm, sagte die Mutter, ich nehme mir Zeit. Alles ist gut. Marie geht am Deich. Hasenspuren, eine erst, dann zwei, wie Noten in den Schnee gesprungen, ein Getümmel von Spuren später, unleserlich. Maries einer Handschuh hat ein kleines Loch. Nachher stopfen, sonst weitet das Loch sich aus. Im Stopfkorb sind Wollreste. Stopfen gehört bald bei immer mehr Leuten zu den vergessenen Fertigkeiten. Im Stopfkorb ist ein rotes Stopfei, hölzern, und die Großmutter Mamatschi, Vaters Mutter, benutzte eine Handgranate aus dem Zweiten Weltkrieg. Nach dem Zweiten Weltkrieg soll es zehn oder elf Tage lang nirgendwo auf der Welt bewaffnete Auseinandersetzungen gegeben haben, meint Marie mal gelesen zu haben, vielleicht steht es im blauen synoptischen Atlas der Weltgeschichte, vielleicht auch woanders, es ist auf alle Fälle unwahrscheinlich. Elf Tage sind nicht sehr viel. Marie fängt an zu weinen. Der Schnee reicht fast bis an den Rand der Gummistiefel, als sie den letzten Außendeich hochgeht. Dann runter, das Wasser draußen ist da, draußen Flut. Kann sein, daß da ein Boot fährt. Kann sein, daß über dem Wasser ein Kormoran fliegt. Im Schnee am Deichweg liegt ein hellblau und schwarz gemusterter zerblötschter Ball. Marie tritt ihn in einen eiernden Flug. Der Ball fliegt nicht weit, sie geht ihm nach, läßt ihn fliegen, sie geht ihm nach. Wind hat den Schnee an die Böschung des Deichs gefegt. Das Wasser hat eine dicke Matte Treibgut an Land geschoben, eine Wellenlinie von Angeschwemmtem zieht sich hin, vertrocknetes gelbes Schilf vor allem. Mal ein verblichener Kanister, mal ein blasser Turnschuh. Holz auch, aus Kisten gebrochene Plankenstücke, weiße geschälte geschliffene Äste. Ein Ast ist mehrfach gegabelt. Wie eine heddernde wedelnde Hand.

*

Im Zug Richtung Süden, zweiter Januar. Rupert hat Marie all seine neuen Euros mitgegeben. Auch den Ast. Der lehnt jetzt neben ihr im Sitz. Der Interregio nach Münster hat unerklärte Verspätung, dort ist der IC Richtung Koblenz weg. Es gibt dann noch eine Verzögerung, Schneelasten haben irgendwo Bäume geknickt, die liegen irgendwo über Gleisen, es hat aber Auswirkungen auch auf den rechtsrheinischen Bummelzug, in dem Marie zuletzt ab Köln sitzt. Die älteste Schwester steht am Bahnhof, Jutta steht da, um Barbara abzuholen, mit Marie hat sie nicht gerechnet, die hat nicht Bescheid gegeben. Was machst du hier, bist du auch gekommen? Jutta sagt, der Vater liegt noch im Bett in der Wohnung. Das Unternehmen will ihn abholen bis neunzehn Uhr. Die Schwestern könnten den Vater noch im Bett sehen. Oder morgen in der Friedhofshalle.
Jutta und Katrin sind seit dem Mittag bei der Mutter. Der Zug von Barbara ist schon angekündigt. Sie kommt gleich, sagt Jutta, wir fahren dann zusammen im Auto rüber. Marie will lieber laufen nach der langen Fahrt. Gib mir wenigstens den Koffer, ruft die Schwester, was willst du denn mit dem Ast.

*

Halb sieben, Marie rennt. Hier in der Stadt liegt kein Schnee. Der Bürgersteig ist naß, die Platten schimmern im Laternenlicht. Marie läuft ihrem Schatten nach und überholt ihn und er überholt sie und so fort, sie hastet in Richtung Rhein. Über die Brücke tobt der Verkehr, darunter auf den kleinen Straßen fährt kaum ein Auto. Sie will die letzte Kreuzung überqueren, vor ihr blinkt ein Wagen, er kommt vom Rheinufer und biegt ab, langsam fährt er an ihr vorbei, langsam fort. Es ist ein langer dunkler Wagen, hinten Milchglasfenster, Leichenwagen, er fährt vorüber, fort, hinten im Wagen liegt auf einer Trage ein verhüllter Toter, ein verhüllter toter Vater liegt auf der Trage, der Wagen ist um die Kurve gebogen und hat einen toten Vater vorbeigefahren, der Wagen ist in die Kurve gebogen und ein toter Vater rührt sich nicht, ein toter Körper rührt sich nicht, mancher kann nichts machen rein nichts, mancher ist klein am Ende und möchte nicht weggebracht werden, ein toter Vater liegt mutterseelenallein verhüllt, sie rollen ihn vorüber, fort. Tschüss Vater, schluckender Quieckton, die Lichter des Wagens im Dunkeln, Rücklichter, rot, ein Fiepen, tschüss Papa.

*

Drei Stufen führen zur Haustür, automatisches Licht geht an und erhellt den Eingang. Briefkästen, Klingeln. Namensschilder, die beleuchtet sind. Doktor Phil steht auf einem der Schilder. Die schwere hölzerne Tür hat einen metallenen runden Griff. Marie geht zurück auf den Bürgersteig, sie zündet eine Zigarette an. Der Ast, die heddernde Hand mit den Griffelfingern, lehnt neben ihr, vom Boden aus reicht er ihr bis übers Knie. Zwei verschleierte Frauen in langen Mänteln schieben zwei Kinderwagen vorbei, aus einem schreit ein Säugling. Tuuut, macht eins der Frachtschiffe auf dem Fluß. Eine alte Frau am Stock zieht einen alten Dackel weiter, sie dreht sich, als sie vorbei ist, noch einmal um. Marie geht wieder die Stufen hoch. Sie klingelt beim Schild Doktor Phil.

*

Auch die Mutter hat mit Marie nicht gerechnet, sie umarmen sich. Danke, daß du gekommen bist, sagt die Mutter. Sie nimmt der Tochter den Mantel ab und sucht einen Bügel und hält ihr Vaters Windjacke entgegen. Die Windjacke ist so gut wie neu, den alten Wintermantel wollte er nie tragen, zu schwer auf den Schultern, untragbar, unzumutbar, was soll man jetzt mit der Windjacke machen, sie hält den Wind gut ab, ist von der Stange gekauft, morgen geht sie an einen der Penner, die in den Rheinanlagen frieren, es wäre schade, die Windjacke würde sonst umkommen.

Jetzt sind auch Jutta und Barbara in der Wohnung. Barbara nimmt die Mutter in die Arme, sie murmelt der Mutter ins Ohr. Sie stehen, als stünde die Zeit still. Später wird Vaters Bett abgezogen und frisch bezogen. Jutta, Katrin und die Mutter sagen, wie der Vater da lag. So und so.

*

Das Leichenhaus hat drei Räume. Ein schwarz gekleideter Mann von der Friedhofsverwaltung öffnet eine der Türen. Es ist eng und eiskalt im Raum, den sie betreten. Man findet sich kaum zurecht, so voll ist der Raum, voll Kälte und Fremde. Kalt und fremd sind Wörter, wie auch unnahbar. Der Kopf des Vaters ist hart und hell. Seine erhobene Nase, sein heller Aufblick unter geschlossenen Augen, Finger weg, würde er vielleicht sagen, wenn man auf seine Nase tippte, wenn man seine Nase tupfte, Vaters Gesicht, seine Züge, glatt wirken sie, geglättet, sein Gesicht sieht hell aus, listig, lustig, sehr frei. Wie dumm ist Marie. Die Lebenden stehen dick da, in Mäntel vermummt, der Atem dampft ihnen von den Nasen. So hell und listig und lustig sieht Vaters Gesicht aus, entkommen, entsprungen, man nennt es auch hinter sich haben und friedlich einschlafen, er würde aus den schmalen Handgelenken mit seinen großen Händen heddern und wedeln, wie immer, wenn man ihm zu nahe kam mit Gesten oder mit Wörtern, und er hieß Doktor Phil und er hieß Vater und Tynarr und Junge und Papilio und Wasserfall und so und so, und er hat jetzt die Zartheit des Steins, man hätte ihn ganz gern erweicht als Tochter, aber da wärst du ja davongeflossen. Da wären wir davongeflossen. Geht dir wohl nah, flüstert eine der Schwestern. Eine Decke liegt über dem Körper des Vaters, kalt, weiß. Wenn man die Schwester nicht tritt, dann wird der Vater dafür Ruhe haben. Den Ast ans Fußende. An seinem Kopfende brennt eine Kerze in einer Nische. Kerzenlicht war nicht seine Sache. Schlummert ein, ihr matten Augen, läßt Bach in der Kantate singen, fallet sanft und selig zu. Eine Art Schlaflied hat Bach geschrieben. Musik war Vaters Sache nicht, Musik war Vaters Sache doch. Alles war anders. Er tropft, hat, als sie ein Kleinkind war, die jüngste Schwester erschrocken geflüstert, sie hatten irgendwas gesungen und der Vater tropfte aus den Augen. Lebende Leute singen und schlafen. Sie sind auf der Welt, aus der fällt keiner. Auf der Welt steht in Europa in einer Kleinstadt auf einem Friedhof ein kaltes Haus. Leute sind darin. Sechsmal Punkt Punkt Komma Strich. Sechs Gesichter. Fünfmal Atem. Fünfmal Wärme. Der warme Finger auf der kalten Nase. Tupf. Tupf tupf. Unerreichbar fern.

Der Mann von der Friedhofsverwaltung steht in der Tür. Er wartet. Sobald die Angehörigen den Raum verlassen, kann er abschließen.

Sacht sacht. Die Türe zu.

*

Lukas Bärfuss
Meienbergs Tod
Die sexuellen Neurosen unserer Eltern
Der Bus
Stücke
220 S., geb., Schutzumschlag
ISBN 3-89244-904-x

Adolf Endler
Nebbich
Eine deutsche Karriere
292 S., geb., Schutzumschlag
ISBN 3-89244-839-6

Harald Hartung
Aktennotiz meines Engels
Gedichte 1957-2004
408 S., geb., Schutzumschlag
ISBN 3-89244-923-6

Martina Hefter
Zurück auf Los
Roman
132 S., geb., Schutzumschlag
ISBN 3-89244-841-8

Hans-Jürgen Heise
Das Zyklopenauge der Vernunft
Gedichte
64 S., geb., Schutzumschlag
ISBN 3-89244-929-5

Dea Loher
Hundskopf
Erzählungen
114 S., geb., Schutzumschlag
ISBN 3-89244-865-5

Angelika Overath
Nahe Tage
Roman in einer Nacht
152 S., geb., Schutzumschlag
ISBN 3-89244-927-9

Sabine Peters
Nimmersatt
128 S., geb., Schutzumschlag
ISBN 3-89244-406-4

Fred Wander
Der siebente Brunnen
Roman
Mit einem Nachwort von Ruth Klüger
168 S., geb., Schutzumschlag
ISBN 3-89244-837-x

Kai Weyand
Am Dienstag stürzen die Neubauten ein
Erzählungen
160 S., geb., Schutzumschlag
ISBN 3-89244-928-7